小学館文庫

受験のシンデレラ

和田秀樹

小学館文庫

1

今年も3月10日がやってきた。

多くの人にとって、どうでもいいような1年のうちの一日かもしれないが、ある種の人にとっては、格別の一日である。

それは、東京大学の合格発表日だからだ。ここ数年はこの日に決まっている。

中学受験のころから、この日のために頑張ってきたという子供も、昨今では少なくない。難関私立中学の受験でふるいにかけられ、その中での勝ち組といえる子が、この日に万歳をしたり、サークル勧誘の東大生たちに胴上げされたりするのである。

もちろん、親たち、とくに母親たちも子供の中学受験から足掛け10年近く頑張ってきた努力が実を結ぶ日であり、親子ともども泣き崩れる姿は、世間の嫉妬《しっと》もあって、東大生をマザコン集団と呼ばしめる名物光景とされている。

もちろん、そのような当事者以外にとっても、この日は勝負の結果の出る日である。

要するに受験産業といわれる業界の人間には、もっとも大切な一日だ。

なんやかんや言って東大はやはり受験の世界では最高峰である。早稲田や慶應が、子供の数が減っているのに学部や定員を増やし、ＡＯ入試だ推薦入試だと躍起になっているせいで、学生の質が問われたり、一部の受験生から冷ややかな目を向けられるようになったこともあって、実は最近は以前より東大ブランドの価値が高まっているとさえいわれる。ここに何人合格者を出すかで、受験業界での「格」が決まるのである。

五十嵐透《いがらしとおる》という男は、この業界では、勝ち組の中の勝ち組と目されている男である。彼の経営するミチター・ゼミナールの東大合格率は９割というすさまじいものだからだ。

ミチターというのは、「希望」を意味するロシア語である。学生時代、変人だったからというより、単位がもっともとりやすいということがあって、ロシア語を第二外国語にしていた五十嵐が、気に入って使う数少ないロシア語である。

彼に言わせると、箸《はし》にも棒にもかからないレベルの学力の子供でなければ、東大合格の可否を決めるのは「希望」だそうだ。合格できるという希望が持てて、やるべきことをやれば、東大入試だって、資格試験のようなものなのだから、必ず合格できる。だから、彼はほかの予備校や塾の経営者がバカに見えて仕方なかった。

確かに古文であれ、物理であれ、普通の子供が難しいと言う科目をわかりやすい講義で見事にわからせる講師はいる。いわゆるカリスマ講師といわれる連中だ。

多くの予備校は、その手の人気講師を集めて、それを売り物にしている。そのために激しい引き抜き合戦があって、年収1億円などということも珍しくない。

五十嵐は、そのバカバカしさを自分では見抜いていると思っていた。

三つの点で、それはバカげているというのが、五十嵐が部下に語る口癖だった。

一つは、受験などというものは、所詮《しょせん》、頭の中のストックで決まる。いくらわかった気になったところで、頭の中に残るものが多くなければ、結局は勝てない。この手の「わかりやすい」講座に通う生徒たちは、自分でうまく勉強をする習慣がない。せっかくいい講義を聴いてもろくに復習をしない。また、授業がよほどオーガナイズされていないと、たとえ1年通っても、全範囲が網羅できるわけではない。大切な部分は一通り習えるだろうが、知識が断片的なものになりがちだ。

そこで二つ目のポイントがある。ならば予備校などに通わず、予備校のカリスマ教師が書いた参考書をうまく使えばいい。流れの一貫性も確保できるし、書き物のほうが講師も一生懸命なので、かなりわかりやすい。

実際カリスマ講師にとって、自分の書いた本がどれだけ売れるかが、次の年の生徒がどれだけ集まるかの重要なファクターになるので、それなりに真剣に書いている。

要するに、彼らを雇って、金をかけて「いい授業」を並べた予備校を経営するより、そのおこぼれに与《あずか》って、彼らが真剣になって書いたわかりやすいテキストをうまく使うほうが、受験でははるかに有利だし、生徒が自分で勉強をするようになる。

さらに通常の予備校ではあまりやらない復習にも時間がとれる。頭の中のストックを増やすことが受験の主眼だとするなら、カリスマ講師の授業を聴いて満足しているより、彼らが書いた参考書を何度も復習するほうがよほど頭に残る。その上、経営的に考えると、ホンモノのカリスマを雇うより、講師のコストをはるかに低く抑えることができる。

三つ目のポイントは、受験というのは、おのおのの科目ができるかできないかで決まるものではないということだ。大学受験は合計点で合否が決まるという当たり前の視点が、旧来の予備校には欠けている。苦手科目があっても、得意科目でカバーできれば合格できるが、逆にある科目に時間をかけすぎて、ほかの科目がおろそかになれば、不合格の憂き目にあう。

五十嵐が受験生のころも、某予備校に英語のカリスマ教師がいたが、宿題が多すぎて、ほかの科目をやる時間が足りなくなって、現役のときよりかえってレベルの低い学校に行く羽目になった人間を何人も見ていた。だから、一つ一つの科目のプロを雇って高い金を払うよりは、合計点という発想のもとに一人一人の受験生に合わせたメニューを作ってあげたほうが、はるかに合格には近づける。

もちろん勉強をやらせることも重要な仕事である。万全のカリキュラムとわかりやすい参考書を用意しても、本人にやる気がなければ合格はおぼつかない。そこで大切なのは、「希望」である。人間、結果の出そうにないことにはなかなか努力などできないものだ。だから、ちょっとやり方を変えることでいい点がとれることを教えてやる。というか、実際に、確実に点が伸びるやり方を1週間ほど試させて、簡単なテストをしてやる。これまでよりはるかに伸びを感じ、「希望」が持てたら、あとはこっちのものである。ちょっとした進歩が実感できれば、東大などという、とても遠くにある夢に対しても希望が持てるようになる。それでも希望を持てない不幸な人間は、適当な理由をつけてお断りすればいい。

勉強さえしてくれれば、どうにか東大にもぐりこませることができる。元のできの悪い人間は2年かければいい。希望を持たせれば勝ちなのである。

いずれにせよ、五十嵐にとって、「希望」は重大なキーワードだった。

そして彼は今、何が自分の特技かといって、生徒に「希望」を与えることだと自覚していた。それほどに弁舌巧みなアジテーターであり、生徒を酔わせる術《すべ》を持っていた。

たとえば、こんな風に生徒の前でアジる。

「このミチター・ゼミナールに入った時点で勝ちも同然だ。何故なら、俺はお前たちと同じくらいの成績の人間をこれまで集めてきて、9割は東大に合格させているからだ。お前たちが、受かった連中と頭の中身が違うという証拠は何一つない。だから、お前たちの9割は東大に合格する」

「勉強をやっているのにできないのは、頭が悪いからでなく、勉強のやり方が悪いからだ。でも、頭が悪いせいだと思って落伍《らくご》していく人間がいるから、お前らはよけいに得をする。やり方を変えようと思った時点でお前らの勝ちだ」

「1時間で1問しかできない人間もいれば、5問進む人間もいるが、それは頭のよしあしでなく要領の問題だ。でも、勉強はやった時間より、やった量で勝つ。要領よく、たくさんの量の勉強ができるようになれば、どんな秀才だって追い抜ける」

「俺はお前たちの偏差値を70に上げるような勉強はさせない。70に上げる必要もない。要は東大の問題で合格最低点をとることだ。たとえば理Iなら440点満点で240点とれば合格できる。理科はそう難しくないから、2科目で120点満点中80点とれれば、残りは320点満点で160点、つまり半分とればいいってことになる」

　彼の受験テクニック論を聞くと、不思議に合格できそうな気分になる。それが生徒をやる気にして、本当に合格させてしまう。いわば好循環である。普通の受験生は簡単に諦《あきら》め、そのために勉強をやらなくなり、さらに成績が下がる悪循環に陥りやすいのだから、勝負は見えているともいえる。

この発想で、彼は学生時代から塾経営をしていた。今でも、一部の専任講師を除くと、一般の講師は東大生である。受験から時間が経《た》っていないほうが、参考書などの情報も新しいし、東大受験については、餅《もち》は餅屋で東大生のほうがいいアドバイスができる。その上、経営的に見ても、学生だからコストが安い。そしてその分、多くの学生講師を配置できれば、一人一人の能力特性に合わせたカリキュラム作りができる。つまり、ここの予備校には統一カリキュラムがなく、一人一人が別々の年間計画表にしたがって勉強している。専任講師は、わかりやすい参考書を使ってもわからなかったときのための特別授業要員にすぎないのだ。そして、ときに行う五十嵐の特別講義で、生徒のモチベーションを高め、ちゃんと勉強させるのだから、これは強い。

かくして、東大合格率90％という、受験業界では魔法と呼ばれるような業績を上げていたのだった。

実際は、合格実績が上がるほどできのいい生徒が集まるようになってきたので、ある程度は生徒を選べるようになっている。確かに、希望格差社会とかいわれるようになって、希望のない子供が増えていることは気になっていたが、そんな子供は入れないで済む。ついでにいうと、できるようになるのに手間のかかる学力の低い子供も入れなくて済む。昔は「誰でも東大」などと威勢のいいことを言っていたが、今は実は「誰でも」でなくなってきていた。だから合格率は今後も維持できるはずだ。また、学生を使うことでコストを抑えているのに、高い実績を誇り、受験のカリスマが経営し、東大生が個別指導ということを売りにして、相当の高額授業料をとっていた。不滅のビジネスモデルと五十嵐は信じていた。一生、好き放題の人生を送れると。

2

そんな2005年の3月10日。いくつかのドラマが同時進行していた。

五十嵐は、合格発表が始まる正午から自分の経営するミチター・ゼミナールの事務局に立っていた。

案の定、この日には、回線がつながらないほど電話がかかってきた。もちろん「合格しました」という電話である。

五十嵐にとって、当たり前だと思いながら、嬉《うれ》しいことであった。

このゼミナールでは、毎年受験生の一覧が、塾の事務局の一番目立つ場所に張り出されていた。ちょうど選挙の日の政党の事務局のように、候補者ではなく、受験者の名前が並んで張り出されたパネルである。合格者の名前の前に、真っ赤な模造のバラの花が並んだ。

　また、事務員が大声で叫ぶ。

「山口明弘さん、文科Ⅱ類合格です！」

　五十嵐は、山口明弘という名前の前に、また一つ赤いバラを、自分の手で貼《は》り付けた。この役は彼が、このゼミナールを設立した学生のころから20年以上譲っていない大事な仕事である。その顔は誇らしげで、今年は１００の大台かと思うと笑みが漏れそうになっていた。

　事務員一同、電話の応対に追われながらも、至るところで歓声を上げている。はなやいだ声の輪に包まれて、我こそが東大受験の世界の主役、そんな気持ちで一杯だった。

　しかしそのいっぽうで、腹の中では「来年はいくら授業料を上げようか」という不《ふ》埒《らち》なことも考えていた。野球選手と同じく、高額報酬は自分への評価なのだから当然、というのが五十嵐の本音だった。

「来年の売り上げは、10億に乗るかな」

拍手や歓声の中で、冷静に金儲《かねもう》けが考えられる自分のスマートさに五十嵐は少し酔っていた。

この3月10日、最高の勝ち組のドラマは、こんなものだった。

合格者が100の大台に乗ったところで、「ついに、わがミチター・ゼミナールの合格者が100を超しました！」と叫んだ男がいる。

事務局長の木村秀一《きむらしゆういち》である。

この事務局のいちばんの上席になっているのが、この事務局長のデスクである。彼は五十嵐がバラの花を貼り付けるたびに、「正」の字を一画一画書き足していた。そして、その20個目を書き終えたところで、思わず声を上げたのである。

木村はこの合格発表日のセレモニーに学生時代からずっと五十嵐と立ち会っていた。

彼は、五十嵐の灘《なだ》中学、灘高校、東大医学部を通じての同級生だった。

そして毎年この日は、五十嵐について行くことを選んだ自分の正しさを確認するための大切な一日だった。

東大の医学部を出たあと、大学の医局という息苦しい場に残った同期の連中は、ほとんどまだ助教授にもなっていない。銀行や商社に行った同期の連中と比べて安い給料の中、試験管振り同然の研究とアルバイトにあけくれているという話を聞くと、ちょっとした優越感に浸るようになっていた。広尾の高級マンションに住み、ここ数年は毎年のように、ジャガー、BMW、マセラティと車を買い換えている木村にとって、ここで実績をさらに上げることは、「勝ち」を確認するための大切なイベントである。

もちろん東大教授を目指す同期の医者たちにとっては、五十嵐も木村も落ちこぼれか半端者なのだろうが、資産や自由が違う。

金に汚い五十嵐も、木村のことだけは医者の肩書きを捨ててついてきてくれた同志と思ってくれているらしく、年収は1億円ほどにしてもらっているし、ナンバー2の地位も確保してくれている。2年後に予定されている上場がうまくいけば、自分の持ち株だけで10億や20億になるだろう。

「五十嵐には、これからもずっとついて行こう」

木村は呟《つぶや》いた。

木村と五十嵐とは中学受験塾時代からの腐れ縁だった。

小学生のころから五十嵐はませた子供だった。新聞を読むのが好きで、経済や政治の話が十八番《おはこ》だった。

木村は医者の子供で、何不自由なく育てられたが、親に言われたことしかやっていないようなおとなしい子供だった。塾から帰ると家庭教師が待っていて、とにかく親の言いなりで勉強していたといっていい。

実際、灘中の受験には社会科がないという理由で木村は社会科をろくにやらなかったし、親のほうも新聞なんか読む必要がないと言わんばかりの態度だった。だから、塾の帰りの電車で新聞を読みながら政治や経済の話をする五十嵐が、木村には子供心に神々しく見えたし、新しい世界を教えてくれる気がした。

ちょっと太めでスポーツができない上に、親の言いなりになってクラブにも入らず勉強をしていた木村は、灘中学校に入っても仲間はずれのようになっていた。今でいういじめのような冷やかしも受けていたし、当時の灘中学に存在した、黒板のわきの作り付けのゴミ箱に閉じ込められて、1時間そこで授業を聞くということも、しょっちゅう体験していた。

ところが、なぜか五十嵐は、自分の話を聞かせる相手に木村を選んだ。それだけ何でも言うことを聞くように見えたのかもしれない。

そしてその後の人生でも、結局、木村は五十嵐のパシリのようになっていた。高校時代に五十嵐が左翼政党のシンパになったことがある。

金持ちや医者の子の多い灘という環境の中では、普通のサラリーマンの子供で、親がパートに行ってやっと私学に通っている（もともと授業料も関西の私学の中ではかなり安いほうなのだが）貧乏人だという自覚が五十嵐には強かった。本当の貧乏とは程遠いものだったのだろうが、灘の中では、我こそが貧乏人の代表と意識していた。その上、相変わらずの朝日新聞の愛読者（親は別に左翼思想の持ち主ではないが、中学入試でも大学入試でも朝日新聞からの出題が多いという話を聞いてとり続けていたのだ）であったのだから、まだまだ左翼が強かった時代、彼が思春期に共産主義に走ることは不思議ではなかった。

左の教師が顧問を務める社会科学研究会が、部員の卒業で存廃が危ぶまれたときに、五十嵐は自分が継ぐと言い出した。そして木村は言いなりになって、その部の雑務をあれこれとやらされた。木村は逆に自分が金持ちの子供という引け目があったので、五十嵐の言うことを聞かないわけにいかなかったのだ。もちろん、親には絶対秘密にしていた。幸い、体育系のサークル（これは木村自身が運動音痴を自認していたので一つも入っていなかったのだが）と違い、集まりや遅くなる日も少ない。家庭教師や塾の時間とかぶらなかったので、親に知られることもなかった。

五十嵐は政治家志望だったが、自分の考えを曲げなくて済むという理由で医学の道を選んだ。当時、左翼政党の代議士には医者が多かったからかもしれない。医者であれば、思想の押し付けを受けなくても済むし、田舎でも医者であれば、左翼政党でも選挙に勝てるのを見るにつけ、法学部に進んで50歳過ぎまで官僚をやるより、こっちのほうが政治家に近いと思えたのだ。

木村は当然、家を継ぐべく医者志望だったので、またまた五十嵐に声をかけられて、二人で勉強会を始めることになった。もっぱら、お手伝いさんがコーヒーも夜食も用意してくれる木村邸がその場所に使われたのだが、成績はお互い無事上がり、そろって東京大学教養学部理科Ⅲ類に入学の運びとなった。

多少は現実主義になってきた五十嵐だが、まだ未練があるらしく、一度木村を連れて、某左翼政党の学生組織に入りかけたことがあった。勉強会の際に、自宅をずっと提供させられてきたにもかかわらず、五十嵐のひがみも混ざっていたのだろうが、自分が恵まれたブルジョワと言われ続けてきた木村は、結局断れずにその組織に連れていかれた。

幸い、予想以上の上下関係の厳しさにあっさりといやになって、二人は左翼運動から足抜けをすることになる。基本的に五十嵐は組織人に向くパーソナリティではない。

高校の社会科学研究会にしても、先輩のいないサークルを引き継いだからやっていられたのだ。

　新左翼のほうも、壊滅的に弱くなっていたおかげで、キャンパスの中では相対的に過激派と目されていたが、センスのない立て看板にはさすがの五十嵐も嫌気がさしていた。そのころ、ある新左翼の精神科医のグループが、宇都宮病院事件という3年間で222人もの患者が亡くなり、激しい暴行が患者に繰り返された事件を断罪しようとしていた。東大の教養課程のある駒場の学生も誘って、ときどき精神障害者解放のための集会を開いていたのだが、ここも一回二人で行ったきりで、二度と行くことはなかった。

　大学3年生のある日、五十嵐は、

「くだらない政治闘争より、真の貧乏人の救済のためには、実践活動が大切だ」

　などという理屈をつけて塾を始めると言い出した。

「東京では、貧乏な人間の幸せを考えないエセ左翼の連中が、都立高校を解体したので、私立の中高一貫校に行けない貧乏な家庭の子供が、東大に入れなくなった。でも、俺の開発した勉強法や灘高のノウハウを教えれば、公立高校に通っている子供でも逆転はできるはずだ。俺たちのノウハウを思い切り叩き込んで、私立に行けないポンコツ受験生を再生することが、貧しい子供たちのいちばんの救いだと思わないか？　木村、お前ならわかるだろ？　お前は五十嵐式勉強法のプロだもんな？」

理屈の立派さがあろうとなかろうと、木村は五十嵐に逆らえなかった。

それまで五十嵐は家庭教師でしこたま稼いでいたから、塾は全額自己資金で開業した。といっても、大学に近い根津のぼろアパートだったが。

当初、塾の経営はそう簡単ではなかった。家庭教師時代の収入を確保できず、相変わらず木村の高額仕送りが、彼らの生活費になった。が、実績を上げると掌《てのひら》を返したように生徒が集まりだし、「公立高校から東大に入れる塾」として、まさに「希望」の塾と見なされるようになった。

さて、要領のいい五十嵐は、塾の仕事が忙しくなっても6年できちんと医学部を卒業した上に、国家試験にも合格して研修医生活に入る。試験のたびにノート集めをさせられていた木村のほうが、塾の雑務を担当させられていたこともあって、1年留年することになるのだが、木村が研修医になると一時的に塾の代表ということになった。

ところが、医局の上下関係の厳しさを垣間見《かいまみ》て、五十嵐はさっさと塾に戻ってきた。木村も何とか翌年卒業できたし、国家試験に合格できたのだが、

「まさか、くだらない医者の世界に入るなんて言わないよな？　どんなに汚い世界か

も俺が十分教えたはずだ」

という五十嵐の一言に逆らえずに、この塾に就職することになった。

結局、木村は人生の中で一秒も医者をやっていない。もちろん、その当時でも研修医どころか、勤務医をもしのぐ給料をとっていたが、開業医だった親は激怒して、それから5年も実家とコンタクトのない暮らしを余儀なくされたのである。

そんな五十嵐との過去を思い返しながら、この合格発表で次々と生徒の名にバラの花がつけられるのを見ると、木村も感無量になっていた。

「ついに100個だ。俺たちは生き延びたんだ」

そう思うと、木村は叫ばずにいられなくなったのである。

興奮冷めやらぬ中、木村は席に戻ると、上場にまつわるコンサルタント会社からの資料に目を通して悦にいっていた。

「近々入る20億のうち半分ほど使って、マンション暮らしは卒業して、代々木上原あたりに家でも建てるか」

灘高でも東大医学部でも、同期の連中からいまだに五十嵐のパシリのように思われているのは知っていたが、この日が来ると元気が蘇《よみがえ》ってきた。

「俺は勝ち組だ」と。

もちろん、3月10日に展開されるのは、この手の勝ち組のドラマだけではない。

東京大学の二次試験は、センター試験で十分な点がとれて足切りにかからなかった受験生だけが受験できるのだが、それでも競争率は3倍近くなる。ここの学校は補欠をとらないから、合格者の2倍近くが当日不合格の憂き目にあうのである。

予備校にしても、受験生の激減が経営を襲っている。1990年には33万人もの浪人生がいたのに、わずか10年で浪人生は14万人になり、2008年には大学進学希望者数と大学の定員が逆転する。

浪人の数は6、7万人と推定されるが、学校名さえ選ばなければ誰でも大学に入れるようになったのだから、あえて浪人の道を選ぶのは特定の名門大学か、医学部志向の受験生だけである。この状況で東大合格者数を減らせば、経営を直撃する。

実際、今年もいくつかの予備校が倒産の憂き目にあっている。

この日も、不合格になった生徒と同じか、それ以上の失望でがっくりと肩を落とす予備校や塾の経営者の姿も、気がつく人間は気がつく程度にいた。

そんな受験競争とはまったく別のところで、ほんの小さな「勝ち」に喜んでいた貧しい少女がいた。

彼女は、いつものように近所の99円均一（100円均一より安い気がして彼女のお気に入りだったのだ）のスーパーで、夕食のおかずを買っていた。

豚の細切れ肉と、キャベツと大好物のキクラゲ。これで野菜炒《いた》めができる。

ほかのものを買う余裕のないけなげな少女は、まっすぐにレジに向かった。

「311円です」

99円ショップといっても消費税はかかる。

3個297円で消費税が14円。合計は311円だ。

ところが、財布（というか、お札はめったに入っていないので、小銭入れといったほうがいいのだろうが）をあけて見ると、いつも何枚か必ず入っている1円玉がない。

1円を粗末にしたことのない少女にしてみると、1円玉が入っていないことは予想外だった。

さらに言うと、財布の中にはきっかり310円しか入っていなかった。

思わず、「1円まけて！」と叫んでしまった。

「それは困ります」

店長は言った。

はやらない八百屋を廃業して、99円スーパーのフランチャイジーになったこのオーナー店長は、八百屋時代から融通の利かない男だった。これ以上安くすると損をするような値付けをするので、客との駆け引きができない。近所の八百屋より安いはずなのに、まけることがないからはやらないし、売れ残りも多く出た。この99円スーパーはそんな彼が、全財産を投げ打って始めた店なので、フランチャイザーから派遣されるエリア・アドバイザーの言いなりといっていい状態だった。そんな彼には、たった1円のことなのだから、自分の財布から1円玉を足して、このけなげな少女から310円の売り上げを得るなどということは思いもよらないことだった。

「310円しかないの。お願い」

「それはできません。どれをやめますか?」

キャベツや豚肉がないと野菜炒めにならないが、それだと大好物のキクラゲを諦めることになる。

やけくそになった少女は言った。

「全部」

「え!」

店長のほうも、自分の融通の利かなさのために、売り上げを310円フイにしてしまうことになる。利益ベースで行くと、フランチャイザーへの払いを引いても50円にはなる。1円を惜しんだために、50円の機会損失が生まれたのだが、この店長はそんなこととは思いもよらない。単にまた棚に商品を返す手間を考えて、少しむっとした。

不機嫌そうな顔で、三つの商品を元あった場所に返そうと店長が歩き始めたところで、少女は声を上げた。

「買わないなんて言っていないでしょ。全部、買うってことよ」

「1円見つかりましたか?」

店長はがらにもなく愛想笑いをした。

「そうじゃなくて、一つずつ買う」

少女は言い放った。

「そんなことをしても値段は変わりませんよ」

と店長は再び不機嫌になってレジを打ち始めた。

「103円です」

少女は110円を出す。7円のお釣りだ。

二つ目のキャベツでは、少女はさっきもらった5円玉と100円玉を出す。2円のお釣りが返された。三つ目は待望のキクラゲだ。

「103円です」

少女の手には104円残っていた。7円のうちの2円と、さっきの2円のお釣りである。

かくして、1円足りないはずの買い物で、1円のお釣りまで手にしてしまったのだ。今は消費税は原則四捨五入で総額表示が義務付けられているが、外税表示のころは端数切り捨てだった。

99円の値札なら、消費税は端数が切り捨てなので4円。合計は103円ということになる。3つ買ったら309円。しかし、まとめて買うと99×3の297円に対して、消費税は端数を切り捨てても14円。合計は311円になってしまうのだ。

これに瞬時に気づいて、1円を勝ち取ってしまうのだから、なかなか頭のいい少女である。だからといって勉強のできる子供では決してなかった。

南米でストリート・チルドレンの研究をした学者がいる。

学校に行っていないのに、なぜか彼らは計算ができる。そして、彼らは自作の花束やどこかでとってきた果物を売る際に、見事な暗算で掛け算をやってのける。

ところが、その研究者が貨幣の単位をとって計算をさせると、さっぱりできないのである。信じられないことだが、31ペソ×４＝１２４ペソが計算できるのに、30×４という簡単な計算ができないのだ。

金がからむと、生存がからむと人間は、予想外のパワーを発揮する。この少女、遠《えん》藤《どう》真《ま》紀《き》は、そのようなたくましい少女である。

本当ならそろそろ高校2年生なのだが、学校には行っていない。要するに高校中退者である。

生活保護の母子家庭という、経済的に見ると絵に描いたような不幸の中にいた。実際、高校に入ったのは、母親がどこから聞きつけたのか、子供を高校に入れたほうが保護費が増えると知ったからである。突然高校受験を子供に勧め、新設の都立高にもぐりこませた。第二次ベビーブーム時に1学年２００万人以上いた中学3年生が、現在は１２０万人程度になっているのだから、昔は難関とされた都立の普通科でも底辺校は無試験同然であった。

生活保護の母子家庭に同情した担任が、多少内申でゲタをはかせてくれたこともあり、中学生時代を通してろくに勉強をしていなかったというのに、無事に都立高校生になったというわけである。

しかし、コトはそんなにうまい話で終わらない。やはり高校に行くとなると、授業料は生活保護の受給者ということで減免されるものの、通学費にしてもお小遣いにしても、無駄なお金が飛んでいく。少なくとも母親はそう考えた。そして、たったの1ヶ月で退学届けを出した。真紀のほうも勉強は嫌いだったし、学校でも貧乏が恥ずかしかったためか、あっさりと納得して、無事に（もちろん教師たちはかなりの勢いで引き止めたのだが）退学の運びとなった。

もちろん、区役所のケースワーカーには高校退学の話はしていない。学校側から連絡が行くはずなのだが、生活保護世帯を受け入れたことがない新設校だったこともあって、少なくとも変更の書類はきていないようだった。ケースワーカーも真紀がろくに学校に行っていないことはうすうす気がついていたようだったが、事なかれのためか、区の財政に無関心なせいか、うるさいことを言わないのだ。

いずれにせよ真紀にとって、馬鹿な大人におつむで勝って、1円をキープしたのはよほど嬉しいことだったのだろう。1円を指でつまんで高らかにかかげながら、自分の家のある商店街を得意げに歩いたほどである。もちろん、彼氏である雄太《ゆうた》にも携帯をかけた。

「やったよ。馬鹿な大人から1円奪っちゃった」

「スゲェ悔しそうだったよ。やっぱり頭よね」

秀才の彼は、真紀の自慢だった。もちろん、医者の息子で、1円儲《もう》けたことになどまったくリアリティが感じられないその彼氏にとっては、ウザい電話だったのだろう。

「勉強、忙しいから」などと適当な理由をつけられて、さっさと切られてしまった。

「今日はキクラゲ入りの野菜炒めが食べられる上に、1円儲けた」

彼の電話が多少冷たいものであったのに、そんなことはまったく感じ取れずに、真紀は「幸せ」に浸っていた。

それがこのけなげな少女の3月10日だった。


真紀の家は中央線沿線の小さな商店街の中にあった。

よく中学生や高校生が、「誰があそこの服を買うんだろう?」と噂《うわさ》をするような間口が一間の小さな洋品店である。

実際、近所の人でも、客が入っていくところをほとんど見たことがないのだ。

ということで、真紀の母親は、この店の店主ということになる。

真紀の祖母が開いたこの店は、一時期はそれなりにうまくいっていた。もともとおしゃれな店ではないが、近所の中年のおばさん相手に、比較的使い勝手や着心地のいい普段着を売っていた。祖母は、それなりに自分の世代の人たちのニーズもわかっていたし、持ち前の愛想のよさで、「何か買わなきゃ悪い」と思わせる雰囲気を作るのもうまかった。

さらに旦那が女を作って逃げたというのも、同情を集めるのに十分な材料だった。決してセンスはいいとは言えないが、見かけよりは儲かる店だったのだ。よくよく考えれば、繊維品は競争が激しく、ちょっと型の古い服を安く仕入れるのは難しいことではない。さらに中国製や韓国製でよければ、昔はべらぼうに安く仕入れられたのだから、客にそれなりに安いと思わせながら、十分な利益を上げることはできたのだ。

というわけで真紀の母親は、学生時代は自分の店のことを多少恥ずかしく思っていたが、父親に逃げられて母子家庭という周りが不幸と思ってくれる境遇にいた割には、あまり物質的には不自由なく育った。家へのコンプレックスが強かったぶん、ファッション誌を早くから愛読していたし、母親に無心をすれば、当時、はやりのハマトラの服も、キタムラのバッグも苦労なく買ってもらえていた。

JJ世代のトップランナーの自負もあって、自らもかなり授業料の高い服飾の専門学校を出してもらい、デザイナーを目指して、比較的有名なアパレル会社に就職したのだった。

　その会社で知り合ったデザイナーの男と結婚。真紀を産んで幸せな家庭を築いたのだが、何年か経つとこの業界にありがちなことで、夫は妻の目を盗んでは、モデルや若いデザイナーと浮気を重ねる。ただ、子供がいることと、それなりに浮気が上手に隠せたこともあって、真紀が中学に上がる前まではなんとか婚姻関係を維持できていた。でも、さすがに許すことができなくなった母親は真紀を連れて実家に帰り、結局、離婚となった。

　不幸は重なるもので、実家に帰った途端に今度は真紀の祖母のがんが発見される。すぐに骨転移が見つかり、痛みがひどくて仕事にならず、真紀の母親は夫と同じ会社にい続けるのが嫌だったこともあって、親の店を継ぐことになる。

　しかし、華やかな業界とはまったく別世界の商品構成や客層に、すぐに嫌気がさしてしまう。ほどなく、さっさと仕事を切り上げては、もとの業界の仲間と飲み歩くという毎日に変わってしまった。

　祖母が生きている間はまだしも歯止めがあったが、それもなくなると、あとは転落の一途である。預金がゼロであれば、持ち家でも生活保護が受けられるという入れ知恵をしてくれる人もいて、親からのわずかばかりの動産も、働いていたころの貯金も使い果たした。ある意味、それは生活保護を得るための作戦でもあった。

貯金がゼロである上に、店の売り上げから経費を引くとほとんど残らないので、自身の収入もゼロに近い。母子家庭なので、子供のために働きに行くより店を続けたいと懇願したことも功を奏して、あっさりと生活保護の受給が認められた。

下手に働いて売り上げが出てしまったら、逆に保護費を減らされるなどという屁理屈をつけて、この母親はほとんど店に出ることはない。娘を店番にして、今は生活保護受給の母子家庭でありながら、毎晩のように飲み歩く自堕落な生活を続けているのだった。


そんな母親、遠藤千枝子《ちえこ》にとって、3月10日はどうでもいい一日にすぎなかった。たまたまテレビで夕方のニュースを見ていると、「本日、文京区本郷の東大キャンパスで、合格発表がありました」というシーンが流された。

実は千枝子にとって、東大はまったく無縁の存在ではない。

それなりにルックスもよく、ファッションセンスもよかった若いころの千枝子は、さえない友達を連れては学園祭によく出没していた。

早稲田に行っても慶應に行っても、ときどき声をかけられたが、東大生には電話番号を書いた手紙を渡されたのである。一度くらいは東大生とつきあってみようと、電話をかけてみたら、ものすごく喜んでもらえた。

つまらない男だったが、ラ・サール高校出身の九州の建設会社の社長の子供だそうで、当時流行のセリカのXXに乗っていた。一生懸命、『ホットドッグプレス』を読んで勉強をして、はやりの店に連れて行ってくれた。勉強をしている上にお金がかけられるので、服飾学校に通う千枝子から見ても、ダサい感じはしなかった。でも家に来たがるのがウザくて、結局、1年ほどで別れることになった。

そういうわけで、千枝子にとって東大生というのは、いわゆるダサ坊の牛乳瓶の底のようなメガネをかけた秀才集団というより、親にお金をかけてもらって勉強ができる坊ちゃまという印象だった。

テレビのニュースでは合格者のインタビューが始まった。

「娘が東大生だなんて夢みたいです！」

と答える母親は千枝子と同じくらいの年代だろうか、合格発表になんとほんもののシャネルのスーツを着てきているのだ。一応、今でもウィンドウだけではファッションチェックに余念のない千枝子には、ほんものだとすぐわかった。上下で140～50万はするものだ。手持ちのバッグもクロコのバーキン、カルティエのパシャだってダイアの播《ま》いてあるやつだ。

「勝ち組男と結婚して、娘まで勝ち組か？」

千枝子はため息をついた。あの東大生と結婚していたら、田舎暮らしかもしれないけど、このくらいの勝ち組になっていたのだろうかと夢想した。

それより悔しかったのは、娘も菊川怜を思わせる美人の上に、受験生の分際でブルガリをしていることだ。

「ママがいい家庭教師を探してくれたので、受験勉強中わからない問題もすぐ解決できたし、そんなに苦労はしませんでした！」

春休みの予定を聞かれるとすかさず、

「ここ1、2年はずっと海外に行かずに、軽井沢の別荘で勉強してきたので、卒業旅行は南フランスにでも行きたいです」

いやみに聞こえないほど無邪気にはしゃぐ姿に、自分の娘と二つ違いでこれとはと、運命のせつなさを感じていたら、いきなり見ていたテレビが消える。

と、後ろを振り返ると、その娘が立っていたのだ。よほど、境遇の違いに悔しさを感じて消したのだろうか？

「帰ってきてたの？」

「夜、野菜炒めでいい？」

料理は、この数年、娘の真紀の担当である。

「そうね」

と答えた瞬間、千枝子の携帯が鳴った。

今千枝子がいちばん狙《ねら》っているパティシエの健二《けんじ》からの電話だ。

「ずっと電話くれないでどうしたの？　さびしかったよ」

すぐに千枝子の顔つきが変わった。ディナーの誘いらしい。

「すぐ、行く！」

いつでも臨戦態勢で化粧をしている千枝子だったが、さらにメイク直しを始めた。

かくして、この3月10日は千枝子にとっても幸せな一夜となりそうである。

いっぽう真紀は、今夜もいつものように携帯の待ち受け画面で笑う雄太の顔を見ながら、好物のキクラゲ入りの野菜炒めを一人で食べることになってしまった。

3

明けて11日には別のドラマが始まろうとしていた。

五十嵐と木村はここ数年、この日は銀座の『ロオジエ』というレストランで、男二人でランチをとることにしていた。

前日は、社員や東大生のスタッフに思い切り酒を飲ませる宴会をするのだが、実は二人ともそういうのは好きではなかった。

ともにグルメをきどっているのだが、五十嵐は何かの雑誌で、このレストランが日本で一番予約のとりにくい店だと知った。

受験の世界では神様と呼ばれている五十嵐ではあるが、まだまだ世間一般に知られた存在ではない。

やはり日本で一番予約のとりにくいとされる、銀座の『すきや橋次郎』というすし屋に何回かチャレンジをしたことはあるものの、童顔が災いしてなのかもしれないが、おのぼりさんの客扱いで、すしの神様の小野次郎氏には握ってもらったことがない。いつも決まって弟子の握るカウンターに回されるのだ。

江戸の敵《かたき》をというわけではないが、江戸前の敵をフレンチで討とうと、目をつけたのがこの『ロオジエ』というわけだ。月に一度は通っているのだから、常連の部類に入るだろう。

この『ロオジエ』にしても、高いワインをとって、それなりに金は使っているつもりであるが、まだスペシャル・ゲストにはなれていない。それでも、ランチのほうはどうにか予約がとれるようになっていた。

五十嵐は、ここのフォアグラのポアレがお気に入りで、今日もアラカルトで頼んだ。いつも料理を選ぶのに迷う木村は、今日は珍しく、オマール海老《えび》のサラダをさっさと選んだ。

強そうに見えて、実際それほど酒の強くない二人だが、毎年この日だけは五十嵐のお気に入りのクリュッグをあける。二人で1杯ずつ飲んで、今日は祝い酒だからと残りを店のスタッフに振る舞うのだが、おそらく真昼間だから飲んでもらえていないだろう。

いつ見ても美しいここのシャンパングラスで二人は祝杯をあげた。

「100人突破おめでとう」

五十嵐が口火を切った。

「カンパーイ」

やや、媚《こ》びた声で木村が唱和する。もう経営者と取締役とはいえ、すっかり部下になってしまった木村だった。予備校を始めたのが五十嵐だというだけでなく、カリスマ性でもとうてい及ばないことは木村にはいちばんわかっていた。

「来年の授業料のことは、もうお決めになりましたか?」

これまた同級生が使うとは思えない言葉で、いきなり木村が切り出した。実務を預かる木村にとっては、五十嵐が感覚で決めるこの金額の意味は大きかった。あまり増やしすぎると、生徒が来なくなる恐れがある。しかし生徒数が維持できれば、増額分はまるまる利益になる。今年は自分も年収1億突破だと、胸の奥でソロバンをはじいていた。

「20万ほど上げようか」

医学部コースも合わせて、全学年で生徒数800人かそこらの小さな塾である。夏季や春季の特別講習も含めると年間150万円もかかる、いまやもっとも授業料の高い塾になっているのに、さらに20万も上げるという。うまくいけば1億以上の増収になるが、下手をすると生徒数が減ってしまう。上場前には避けたいことだった。

「大丈夫でしょうか?」

「格差社会とやらが進んで、昔以上に、東大受験生の親たちは金を持っているよ。お前も事務局長なら新聞やビジネス誌くらい読めよ。第一、昔と違って東大出てりゃ、初年度から年俸で600万もくれる外資があるんだ。俺たちのころと違って、学歴が金に直結するようになってるんだ。そのくらいのことは、親たちだって感じ取っているよ」

アミューズの帆立のゼリーを口にしながら五十嵐は力説した。

「勝負ですね」

ここで、五十嵐の携帯が鳴った。

もちろん席で携帯をとることが許される店ではないから、廊下に出て行くのだが、医学部時代の同級生の小宮《こみや》からのものという表示に、木村と離れて電話をする必要も直感したのだった。

大事な話があるから、午後4時以降に東大病院に来てくれという小宮の電話に少し緊張した。

しかし、その様子も見せずに、

「人と会わなければならなくなったから、今日はワインは少なめにしておくよ」

とソムリエに言い、五大シャトーでハーフが残っていたシャトー・ラトゥールの96年にオーダーを変更した。ワイン批評家ロバート・パーカーが99点をつけた貴重なヴィンテージがハーフボトルでオーダーできたのは奇跡に近かったのだが、五十嵐はろくに手をつけずに、平静を装ってビジネスの話を続けた。

「とにかく、今年中に内部留保を10億にもっていって、増資をする。ベネッセあたりに引き受けてもらえれば、上場ははるかにしやすくなるはずだ」

木村は、こんなことでも五十嵐に勝てないと舌をまいた。

東大病院の放射線科は地下にあった。

学生のころから地下だった。薄暗い上に、最後の頼りで放射線治療を受けに入院していた末期がんの患者も多く、実習中もっとも雰囲気が重い印象を持っていたが、今ではすっかり明るい雰囲気に変わっている。

ただ、それも気分しだいというものだ。

40歳を過ぎて、たまたま初めて胃の内視鏡検査を受けてみたら、好き放題飲み食いしている割に胃のほうはきれいと言われた。安心していたら、食道の再検査が必要ということで、母校で受診することになった。

そして、おそらくがんという宣告を受けるために、この地下の待合室で待つ気分はいいものではない。

いくら医者を1年しかやっていないからといって、さすがにバカではないから、五十嵐もがんの可能性は覚悟していた。

問題は仮にそうだったらどうするかということだ。

食道がんは、ほかのがん同様、早期発見が望ましいとされている。

早期といわれるステージ0やステージIだと、手術をしないで内視鏡でもとれるそうだ。国立がんセンターのホームページを見ると、このがんで手術を受けた人のうち、一応完治したとされる5年間生きられる可能性（いわゆる5年生存率）は、ステージⅠであれば7割以上だが、近くのリンパ節に転移のあるステージⅢでは3割を切ってしまう。

一般的には、自覚症状が現れてから発見された場合、ステージⅢ以上になっていることが多いため、定期的な内視鏡検査などが勧められている。五十嵐の場合は内視鏡検査でひっかかったのだし、ほかの臓器に転移するほどのひどい状態ではないだろう。ただし、最悪ステージⅢということなら手術がうまい医者を紹介してもらった上で、放射線でもかけてもらわないと、5年生存組には入れない危険は大きい。逆にそれに入ってしまえば、ほかの人と変わらないだけ生きられる。

ただ、これからはグルメやワインの趣味はもう難しくなるかもしれないと思うと気が重くなった。願わくば、内視鏡でとれるレベルだといいなと。

いずれにせよ、最高の治療を受けたい。できれば、大きな手術はごめんだ。食道を全部とった上で、胃をつりあげてのどにつなげるわけだから、胸だけでなく、腹も頸《くび》も開く大手術になる。手術中に死ぬ例も5％もあるらしい。だから、普通に消化器内科を受診せず、あえてがんの専門家である放射線科の小宮に頼ったのだ。

現在、木村とともに同期の中で半端者の扱いを受けている五十嵐が、唯一付き合っていて東大病院に残っている医者というと小宮だった。

小宮もワイン通だった。実際、五十嵐がワインにはまりだしたのは、小宮の影響といってよい。だが、東大の勤務医では金は続かない。昔と違って、製薬会社のセールスマン（医薬情報担当者と呼ばないといけないそうだが）も、接待などはご法度になっている。ワインは金がかかる趣味なのに。

病院の忙しさとお金のハンディのある小宮と比べて、彼にワインの世界に引き込まれた側《がわ》の五十嵐のほうは、金にあかせて高いワインを次々とテイストして、いつしかいっぱしのワイン通のようになってしまった。この分野では小宮を追い越したと五十嵐は悦にいることがあった。自分が半端者で、ステータスの点で小宮よりずっと下になってしまったことへのコンプレックスもあったのだろう。

ちょっとワインに自信がついてから、五十嵐は定期的に小宮を誘って高いワインを飲むようになっていた。五十嵐も受験生相手に医者の世界の話をする必要があったので、貴重な情報源でもあったわけだ。

でも、それに見合うだけのワインはおごっているはずだと五十嵐は自分に言い聞かせていた。まさか、こんな形で世話になるとは。

思えば、小宮淳一郎《じゅんいちろう》とも東大入学以来の腐れ縁だった。

東大受験は難問とされる英語より、フランス語など別の語学で受けるほうが高得点が狙えるなどという、独自の受験テクニック論をぶつ不思議な男だった。確かに小宮はフランス語受験で東大の理科Ⅲ類に入った変わり者だったが、120点満点で110点はとれたという。

当時の理Ⅲのボーダーは440点満点で290点くらいだったから、語学で110点とれていれば、残るノルマは320点中180点。比較的易しい理科で高得点がとれれば、そう難しくないラインにまで理Ⅲを近づけることができる。

そんな小宮とは、駒場の教養学部時代から、意気投合することが多かった。

五十嵐が、進学上不利な公立高校生に受験テクニックを教え、再生させるための塾を開きたいと言った際も、真っ先に知恵を貸し、力になってくれたのは、頼りない木村より、むしろ小宮だった。今と違って東大の英語が難しく、基礎学力がしっかりしていないと短期で伸びない科目だったころ、フランス語を教えるという裏技まで使って合格実績を伸ばすためにも、小宮はなくてはならない知恵袋だった。

小宮は五十嵐の塾の創設メンバーの一人だったし、卒業するころには年商2億円くらいになっていたから、五十嵐はしきりに共同経営者として塾に残ってもらうことを望んだ。しかし小宮は卒業を前にしてきっぱりと身を引き、その後は医学の世界で実績を上げていった。

「放射線科を志す人間は、たいてい診断のほうをやりたがる。画像診断が進歩してからはなおのことだ。でも、実際に人の命を助け、そして圧倒的に外国と比べて足りないのが放射線治療のパートなんだ。それをやっていたら絶対に生き残れる」

研修医とは思えない世知にたけた言葉でそう断言した小宮は、いまやがんの放射線治療の分野では若手のホープになっている。いまだに日本では、がん治療専門の放射線科医がアメリカの10分の1しかいない情況が続いているのだが、彼はそのリーダーの一人になりつつある。そして、がん治療の名医とは、かなり幅広いネットワークを持っているらしい。こんな男と付き合い続けていて本当によかった。そうでなければ、医学部に入った意味は、受験に強いことを示すためだけになるところだった。

「がんだったとしても、小宮なら何とかしてくれる」

小宮についてあれこれと過去を思い起こしながら、待合室で順番を待つ五十嵐は、そう自分に言い聞かせた。

ほどなく小宮がやってきて、五十嵐を自分のブースに通した。

午後は一般外来は終わっていて、今日、五十嵐は特別に呼び出されたのだった。

「俺を選んだことで、お前もわかっていると思うが、やはりバイオプシー（注：生検組織診断ともいう。胃カメラなどの内視鏡診断をはじめとする検査の際に、病変を疑われる場所の組織の一部を切り取って顕微鏡などで調べること）の結果は悪性だった」

「そうか」

覚悟はしていたが、五十嵐の胸は高鳴った。それでも冷静を装おうとすると、そこに追い討ちのような小宮の言葉が続いた。

「落ち着いて聞いてほしいんだが、それ以上に問題なのは、どうも肺転移の可能性が高いということだ」

多少の予習をしてきた五十嵐には、それがステージⅣを意味することはすぐにわかった。がん治療が進歩した今でも、ステージⅣになると5年生存率は0％に近くなることも知っていた。まさかそこまでは進んでいないだろうとたかをくくっていた五十嵐も、さすがに動転した。

「あと、1年か2年で死ぬって言いたいのか？」

五十嵐はいすを蹴《け》った。気心の知れた小宮の前だからかもしれないが、怒りが湧《わ》き起こってきた。

「一応、この肺の影が転移かどうかは検査をしようと思うが、俺の経験上、間違いないと思う」

「誰を主治医に選んでも同じってことか」

五十嵐はいたたまれなくなって席を立った。そして、そのまま振り返ることなく、出て行ってしまった。まともな社会人経験のろくにない五十嵐は、こんなときに感情のコントロールがまったくできなかったのだ。


大学病院の前には、社用車が待っていた。

最近はＶＩＰ患者も増えてきた東大病院なので、それほど珍しい光景ではなくなったが、タクシーの長い待ち列を横目に、運転手がドアを開けて出迎える車に乗るのは、多少の優越感はあった。しかし今日の五十嵐には、それを喜ぶだけの余裕はなかった。気の弱そうな運転手を怒鳴りつけるのが、今の五十嵐にできる唯一の気晴らしだったのだろう。

「何ぐずぐずしてんだ。さっさと出せ」

「会社に戻りますか？」

「お前、何年運転手やってんだ。今日は直帰だというくらい、わからないのか」

もちろん、わかるわけはない。もともとは会社に戻るはずだったのだから。運転手を怒鳴りつける口実を作るために、直帰ということに今決まったのである。

五十嵐にとって、精神安定剤になっているのはチョコレートである。

カカオには興奮作用があるとされているが、甘いチョコレートを食べると機嫌がよくなるのは、むしろ彼の子供のころからの習《なら》い性《しょう》だった。というのも彼のお気に入りは、小学校のころ受験塾へ通った際の買い食い時代から、一貫してマーブルチョコレートだからだ。

このチョコレートのいいところは、機嫌のいいときにぺろぺろとなめていると、最初は飴《あめ》のような舌触りでだんだん甘いチョコレートの味がしてくるところだった。そして、機嫌の悪いときにガリガリかじっていると、不思議とイライラが治まるところでもある。

五十嵐はアームレストの下のもの入れから、マーブルチョコレートの棒状のパッケージを取り出した。こんなにイライラしているのに最後の一本だった。

あけてみると3粒しか残っていない。

それを一気に口に入れて、ガリガリとかじるが、イライラはさっぱりよくならない。

そのままマーブルチョコレートの筒を運転手に投げつけた。

「なんで、ちゃんと用意しておかないんだ」

マーブルチョコレートは、どこのコンビニにも常備されているものではない。

運転手は、「どこまで連れまわすつもりだ」という五十嵐の罵声《ばせい》に耐えながら、首都高を新宿で降りて、マーブルチョコレートが確実に売っている、青梅街道に面した小さな99円ショップに車を進めた。

車が停《と》まると、運転手は媚びたような声で言った。

「すぐに用意してまいりますので、ほんの少しお待ち下さい」

「待つくらいなら俺が自分で買いに行く」

五十嵐は、ここでも運転手の言葉を素直に受け入れられずに、八つ当たりをした。

一人で車に取り残されても、よけいにイライラするか、死の恐怖に襲われるだけだ。

こんな安っぽいスーパーで大人買いでもしたほうが気が晴れると思った五十嵐は、足早にスーパーに入っていった。

その99円ショップには、昨日の勝者の真紀が、本日も勝利の気分を味わいに買い物に来ていた。

「今日から毎日309円で夕食のおかずを買ってしまおう」

昨日は1円のお釣りをもらったので、財布にはちゃんと311円入っていたのだが、今日も1円せしめるつもりでいた。

かに玉の素《もと》と、卵、そしてデザートにカットパインまで買って310円でお釣りがくるなんてと、少し幸せな気分を味わいながら、真紀は昨日の頭の弱い店長の待つレジに向かった。

「じゃ、今日も別々で」

「あなたのおかげで、別々に売ると、手間がかかる上に損をすることに気づきました。消費税はこっちは5％払わなきゃいけないのに、99円のもので4円ずつしか消費税取れなきゃ、商売あがったりなのはわかってくれるでしょ」

「並び直してでも1個ずつ買うから」

店長は誇らしげに、レジの後ろの壁の張り紙を指差した。

〈会計はまとめてお願いします〉

これは、珍しくというか、初めて本部に相談したものではない仕事だった。われながら気のきいたことができたと、店長はちょっと勝ち誇った顔で言い放った。

「店長命令ですから」

「あなたが店長なんでしょ？」

そこへ、30本くらいだろうか、あるだけのマーブルチョコレートをかごに入れた五十嵐がやってきた。

「さっさと会計してくれ」

「割り込みはやめて！」

真紀はむっとして五十嵐をにらみつけると、店長に強い口調で迫った。

「今日も1個ずつでお願い」

「本日からは会計はまとめるルールなんで」

「悪いね、お嬢さん。急いでるんだ」

と五十嵐は激しい言葉で真紀に言い返した。

「1個ずつ買うと2円安くなるんです」

中学受験時代から算数のひらめきはめっぽう強い五十嵐は、その意味を瞬時に理解した。

「じゃ、もっとお金を浮かしてやるよ。この子の分もまとめて」

五十嵐は店長に一万円札を投げつけて、そのままマーブルチョコレートを持ち去った。

「困ります」

大声で真紀は五十嵐を呼び止めた。

五十嵐が車に乗りこんで戦利品のマーブルチョコレートをあけていると、真紀が追いかけてきて、窓を叩《たた》いた。

「ちょっと、お釣り！」

「やるよ。貧乏人」

「おじさんのほうが貧しいよ」

何か痛いところをつかれた気がした。1円を浮かせるために必死になっている少女に、何でも金で解決しようとするようになってしまった自分は、ずいぶん失礼なことをしたのかもしれない。

窓をあけると、真紀はレシートとお釣りを渡した。

彼女は自分の分は自分で払うつもりなのだろう。レシートにはマーブルチョコレートしか打たれていなかったし、お釣りも1円の間違いもなかった。

1個ずつ買うより29円も高く払っている。

五十嵐にはすぐに暗算ができた。

少し落ち着きを取り戻した五十嵐は、多少、昔の感覚を取り戻した気がした。

彼女の昭和50年代のおばさんが着るようなファッションも、そのような感覚を呼び覚まさせたのかもしれない。

こんな貧乏をしているのに、ぐれるでもなく、男から金をまきあげるでもなく、一生懸命自分の頭で考えて1円を浮かそうとしている。

「でも」

五十嵐は、また自分の運命と照らし合わせた。

彼女は、おそらく一生這《は》い上がれないだろう。どんどん進む格差社会の中で、ただ生き延びるだけという生活を、これから数十年、死ぬまで続けていくに違いない。俺はこんなに充実した毎日を送り、使い切れないぐらいの金があるのに、あと1年かそこらの命だ。

五十嵐は運命の不条理にまた少しイライラしながら、マーブルチョコレートをかきこんだ。

「まだ、Ⅳ期と決まったわけではない」

スイス生まれの精神科医キューブラー・ロスは、死を告知された末期がん患者200人を面接して、衝撃のあと、否認、怒りと続く患者の心理の変化を図式化しているが、五十嵐のように怒りが先にくるタイプの人間の場合、怒りの次に否認がくるようだ。がんは認めても、死は認めない。

Ⅳ期でなければ生きられると考えた五十嵐は、小宮に精密検査を申し入れるために、再び携帯電話をとった。

4

肺の影が転移なのか、それとも別のものなのかを見分けるためのＰＥＴ－ＣＴという精密検査がある。その結果報告が明日に迫った五十嵐は、今日もイライラしながら、がん治療にまつわる論文やテキストを読み漁《あさ》っていた。最近は講義も休講続きだが、すぐに自分の感情が表に出る五十嵐は、なるべく自分をよく知る人間に会いたくなかった。講師陣も充実してきたし、木村もいる。１週間や２週間なら、気が向いて外国に行きたくなったときに、さぼったことも何度もある。

ちょっと一人旅に出ると木村にだけ伝えて、引きこもり生活を送っているのだった。

こんなに医学の勉強をするのは、国家試験以来初めてといっていい。

やはり転移があれば、化学療法と放射線治療を組み合わせても、根治は無理なようだ。

つまるところは明日の結果しだいかと思うと、ますます不安が募ってきた。

「宇佐美《うさみ》はどうしているだろう?」

五十嵐は、昔の仲間を一人思い出した。

宇佐美亮太《りょうた》も、五十嵐が運命を変えた男の一人だった。

木村は無理に引きこんだ口だが、宇佐美のほうは、五十嵐と出会って教える面白さを覚えた人間だった。

中学から同級生だったが、親の勧めるままにストレートで文科Ⅰ類に入り、法律に関心が持てないまま演劇に没頭して留年を重ねていた。五十嵐が3年生のときに、3度目の1年生をやっていたほどである。

そんな宇佐美が五十嵐に誘われて、公立高校の受験勉強のやり方がわかっていない子供にそれを教えると、みるみるうちに成績が上がるのを目のあたりにすることになった。以来、すっかり教育のほうに目覚めてしまったのだ。

演劇をきっぱりやめて、ミチター・ゼミナールの文系科目の責任者になった宇佐美は、論述重視の東大日本史や世界史の過去問題を見事に分析して、独自の解答術を編み出した。医学部出身が多く、理系に偏りがちなこのゼミナールの発展の礎《いしずえ》を作った男である。

結局、法学部に上がらず教育心理に進むのだが、塾には残らなかった。急に生徒が集まりだして、五十嵐が金儲けのほうに走るようになってから衝突することが多くなり、とうとう高校教師になってしまったのだ。

けんか別れのようになった二人だったので、今は年賀状のやりとりくらいしかしていない。ミチター・ゼミナールの株を持っているはずなのだが、五十嵐が勝手に名義を書き換えて配当をしなくなっても抗議がなかったことをいいことに、そのままになってしまっていた。

そういう引け目もあるのだが、こんな不安なときに五十嵐は、どうしてもこの宇佐美に会いたかった。

「今の自分のことを正直に話したら、あいつならなんと言うだろう」

もともと一匹狼《いっぴきおおかみ》を気取る五十嵐は、友達の多いほうではなかった。

木村は一方的なイエスマンなので、逆に彼には弱いところが見せられなかった。小宮は、受験の話やワインの話では気が合ったが、本音をぶつけあえるという感じのつきあいはしていなかった。

宇佐美はなんでもあけすけにものを言う男だったが、だからこそ五十嵐のほうも遠慮なく本音がぶつけられた。塾経営がなかなか軌道に乗らなかったころも、不安になった際に相談できるのは宇佐美だけだった。

思えば、宇佐美と別れてからずっと強がって生きてきた。

確かに何人も彼女を作ったが、弱みは見せなかった。というより、自分に憧《あこが》れてついてきた女性を据え膳《ぜん》のように食べ散らかしたり、これはと思う女性を持ち前の頭のよさ、弁舌のうまさ、そして金の力で次々と落としていっただけだった。弱みを見せられる関係にはできなかったのだ。

もちろん、小宮や宇佐美が去り、木村だけが残ったミチター・ゼミナールでは、五十嵐は暴君に近い状態だった。

これまでは、それでやってこられた。ビジネスで不安を感じることは、10年以上経験していないし、女性に振られるかもという程度の不安も感じないくらいあつかましい男になっていた。

まさか、その自分が、病気ぐらいでこんなに弱気になるなんて。

おずおずと灘高校の同窓会名簿に指を走らせる。勤務先の高校は、今も同じところのはずだ。

五十嵐は、宇佐美の勤める練馬区の高校の校門で待っていた。

お世辞にも二流とすら言えない高校だったが、新設校のせいか校舎は立派なものだった。こんな学校に勤めていたら、なかなか昔のように勉強のやり方を知らない子供を再生させるのは難しいだろうと五十嵐は想像していた。

実は、五十嵐はあわてて2000万円ほどの現金を会社に用意させていた。上場すれば、時価で数億になるくらいの株を宇佐美に割り当てていたが、すでに名義を書き換えてしまった。まともな計算からすればはした金なのだが、もし許してもらえるなら、これでけりをつけたかった。

そうでなければフランクに本音をぶつけられない。

ただでさえ弱音を吐こうというのに、弱みのあるままではいやだという、むしろ五十嵐の側のわがままな理由からといってよかった。

「よ！　受験の神様！」

何事もなかったかのように宇佐美は声をかけてきた。

「お前の本は、俺の学校でもけっこうな人気やぞ」

「それは嬉しいな」

歳《とし》をとって丸くなったのかもしれないが、宇佐美がお世辞を言うような男でないことはわかっていたし、関西弁で言われるとなおのこと本音のようで、五十嵐も本心から嬉しかった。

「お前には謝らなきゃと前々から思っていたんやけど」

本音モードに戻った五十嵐は、久しぶりに関西弁で宇佐美に言った。

人気教師のせいか、校門を通り過ぎる生徒の多くが宇佐美に礼をしたり、手を振ったりする。

宇佐美が返事をしようとした矢先に、一人の男子生徒が声を上げた。

「五十嵐透先生じゃないっすか⁉　センセ、なんで五十嵐先生が来てるんですか？」

この学校で本当に本が売れているなら、五十嵐の顔が知られていても不思議はない。受験生に本屋などで声をかけられるのは、五十嵐も慣れていた。

「実はな、こいつとは中学からの同級生や」

「先生、すごい！　さすが東大出。サイン頼んでください」

「ちょっと書いたってくれるか？」

もとの仲間の前でサインするのは多少気恥ずかしかったが、その生徒がたまたま自分の書いた本を持っていたので、表紙の裏に走り書きをした。

「すまんな」

こっちがすまないと言いかけていたのに、宇佐美に先に言われて多少調子が狂った気がした。ただ、それ以上に、たった数分しか経っていないのに、この男が生徒たちと本音で接していることがありありと伝わってきて、なんとなく気圧《けお》された感じになった。

「お前もすっかり神様やな。こいつらの中からも、何人かは東大に受からせたいんやけど、塾のようには自由にはいかんな。歴史だけやったら、二次対策の個人指導してやれるけど、あとはお前の本を読ますくらいしかないんや」

確かに本音なのだろうが、昔と変わらぬ熱意は伝わってきた。

そのとき、宇佐美の携帯が鳴った。

「すまん、俺が顧問をやってるクラブのことで、ちょっと呼び出し食ってもうた。駅の前に鳥よしという居酒屋があるから、そこで待っててくれるか?」

ここで2000万円を出して過去をわびるのも、久しぶりに会って、自分のがんを告白して弱みを見せるのも、この男との20年ぶりの再会にそぐわない気がした。

「いや、今日は別件が入ってそれほど時間がないんや。わざわざアポとって悪いけど、また出直してくるわ」

ひさしぶりに関西弁を使って五十嵐は宇佐美に別れを告げた。

五十嵐が運命の日を迎える前日に、真紀のほうもちょっとした運命の日を迎えることになる。

真紀は宅配便の仕分けのバイトを始めて1年になる。

高校中退で雇ってくれるところは簡単に見つからないし、生活保護の手前、おおっぴらにバイトもできない。

本当は地元で探せれば楽なのだが、母親から生活保護のワーカーに見つからないようにとさんざん釘《くぎ》をさされて、結局、電車で30分もかかるところでバイトをしていた。

この日はバイトの給料日だった。といっても、週払いになっていたので、毎週のことだったのだが。

それでも真紀にとっては特別の日だった。

というのは、この日の給料を足すと20万円の金が貯《た》まったことになるからだ。

母親の目を盗んで貯金しつつ、生活費のほうも最近は真紀が出しているというのが実情だったから、20万円の金を作るのもそう簡単なことではない。

しかし、これで彼女の夢が実現する。

「雄太と結婚できる」

実は、雄太と真紀は「婚約」していた。少なくとも真紀はそう思い込んでいた。

小学校のころから憧れの秀才だった雄太は、開成、麻布、武蔵の御三家の一歩手前くらいの私立中高一貫校に通っていたのだが、真紀が高校をやめる日にメールをしたら、なんと返事をくれた。

スタバが初めてのデートの場。真紀にしてみれば十分おしゃれな場所だった。

何回かデートを重ねたあと、雄太がとつぜん切り出した。

「結婚しよう」

真紀にしてみたら夢のような話である。医者の子供で秀才の雄太はきっと医者になるのだろう。高校中退の自分も、医者の奥さんになれる。多少、自分がかわいいほうだとは思っていたが、このくらいの年頃になれば、自分の境遇というものもよくわかってくる。

貧乏で、教育もろくに受けていない自分は、どうせ貧乏人同士で結婚して、一生みじめなままだと、なかば捨て鉢になっていた。雄太と喫茶店で話すだけでも幸せなのに、結婚だなんて。

昔、父親がまだ家にいたころ、母親が読んでくれたシンデレラの話とそっくりだ。

「嬉しい」

すぐにその言葉が口に出てしまった。

その日のうちにホテルに誘われた。

「僕たち、結婚するんだから、いいだろ」の言葉に真紀は断ることはできなかった。

終わったあと、雄太が言った。

「僕はまだ高校生だから、すぐに結婚できないのは、わかってくれるよね。お小遣いが月に5000円だから、こうして真紀といっしょになるために、ここに来るのにも2ヶ月も貯金していたんだから。結婚するには、結婚式も挙げないといけないし、親は反対するだろうから、出してくれないと思う。まずお金がなければね」

「お金を用意して、小さな結婚式が挙げられれば結婚できるの」

雄太は、予想外の答えにとまどった。

「どんなに小さな結婚式でも、20万はかかるよ」

真紀にとって、20万円は確かに大金だった。しかし、雄太の予想に反して作れない金額でもなかった。バイトで月に7万円程度の収入があったからだ。思い切り倹約すれば、半年もあれば作れると真紀は思った。男子校にいる雄太が大学に入って、ほかの女性に目移りしないうちに、雄太を自分のものにできたら安いものだ。

「じゃ、私が20万円用意できたら、結婚してくれる?」

きわめて子供じみた問いだが、真紀にしてみれば、少し計算高いかなという気がしていた。

「ああ」

雄太は、もちろん結婚をちらつかせて、ホテルに誘い出した手前、NOとは言えなかった。だが、「うん」と言うこともできずに、「ああ」という言葉しか発せられなかった。

「じゃ、がんばる」

雄太の脳裏には、母親の言葉が浮かんでいた。

「あなたみたいなエリートは、下手に女の子に手を出したら、簡単に食いつかれて、大変なことになるのよ」

口を酸っぱくして言われていた。雄太は急に気が重くなった。

かく言う母親自身、地方の高校卒の医療事務員であったのに、上昇志向が強くて医者の妻になっていた。言葉の持つリアリティが違うのである。

仲間内で、まだ童貞だという引け目もあったし、学園祭に名門校のボーイフレンドをつかまえにくる女子高生と違うと考えて、あえてルックスのいい「下流」の女の子を狙ったら、とんだ計算違いになったと雄太は焦った。

それでも雄太は、セックスの味を知ってしまった思春期の男だ。親の目を盗んで、結局何回かデートを重ねていた。

そして、ついにその20万円が貯まった日がやってきたのだ。

真紀はいそいそと雄太の学校に向かった。

「まだ2時半、今なら雄太の下校に間に合う」

真紀は少し急ぎ足で、自分の口からハミングがこぼれてしまうのを抑えられなかった。

実は、雄太には学校に来ることを禁じられていた。表向きの理由は、結婚するまで親にばれてはまずいということだったが、本当はいつも店の売れ残りとしか思えない服を着ている高校中退の真紀を、多少ルックスがよかったとしても、友達に見られるわけにいかなかったのだ。

この禁止が結婚するまでというのなら、結婚できるのなら、今日は初めて学校で会える。フィアンセとして友達にも紹介してもらえる。能天気な真紀は本気でそう思って、足取りをさらに速めた。

校門に着くと、まだ下校は始まっていないようだった。

結婚してからの二人をあれこれと空想する時間は、真紀にとって至福のときだった。

どこの教会で結婚しよう。

ウェディング・パーティはできなくても、ドレスだけは純白のが着たい。

高校生の間、私が食べさせていかなければいけないのなら、今のバイトじゃ無理かな？

あっという間に時間が経ち、どっと男の子だけの一群が門から飛び出してきた。もちろん、真紀の目は、ただ雄太だけを追い求めていた。

あらかじめメールをしていないサプライズなので、見落としては大変だ。

でも、心配は杞憂《きゆう》に終わった。すぐに雄太を見つけることができた。お金持ちの子供が集まるこの学校でも、雄太のルックスは、ちょっと「勝って」いたのだ。

「雄太！」

真紀は思わず叫んだ。

雄太はその声に気づくと、仲間に何か声をかけて足早に別の方向に駆け出した。

真紀はもう一度叫んで、雄太を追った。

「雄太！」

結局、テニスコートの前が行き止まりになっていて、そこで追いつくことができた。

「悪かった。でも、逃げることないじゃない」

「学校に来ると、お互い、まずいことになると言ったじゃないか」

「もう大丈夫。これからは堂々とつきあえるの。貯まったよ」

真紀は20万円の入った封筒を、ちょっと誇らしげに見せた。

雄太は一瞬、声が出なかった。でも、ここで勇気を出さなければ自分の一生はふいになってしまうと、自分に懸命に言い聞かせていた。お坊ちゃま育ちの雄太にとって、女性をふることも、ひどい言葉を浴びせることも初めての体験だった。

「お前、本当に寒いな」

日ごろ、親の言いなりになって鬱憤《うっぷん》がたまっていたのか、サディスティックな言葉を吐くと、思ったより気分がすっとした。

「ヤンキーじゃあるまいし、なんで高校生で、結婚しなきゃならないんだよ」

「第一、鏡見たことあんのか? そんな格好した女、誰が連れて歩けると思ってんだよ」

「母ちゃんだって、あんなだろ。誰だって、ひくよ」

「お前みたいな貧乏人に、20万なんて貯められるわけないと思っていたから、ああ言っただけだよ。確かにたっぷり楽しませてもらったけど、これからは、俺も受験で忙しいんだ」

最後の言葉も、本当は耳に入っていたのだろうが、真紀には聞き通すことなどできなかった。封筒を必死で握り締めて、雄太が気づいたころには、とっくに走り去っていた。雄太も、真紀の顔を見ている余裕がなかった。ただ、真紀が走り去って行くのに気づいて、やっと胸の高鳴りが収まった。しばらくセックスはできなくなるけど、これしかなかった。本当によくやったと自分に言い聞かせていた。

しかし、言われた側にしてみると、これは立ち直れないほどのきつい言葉だった。しばらくあてもなく、渋谷の街を徘徊《はいかい》していた。これまでは喫茶店に入るお金も惜しんで貯金していたのだが、今日は3軒もはしごをしていた。ずっと店の服で我慢していたのだから、あの20万円でやけ買いをしようかとも思ったが、まったく選ぶ目がないのにハッとした。

こんなことだから、ふられるのだろうか？

余計に落ち込むから、ファッション街に入るのもやめた。

何人かにナンパされたりもしたが、男の言葉など信じられない気分だった。どうしていいのかわからないが、脚を動かしていないといたたまれなかったのだ。

こんなときに話ができる親友がいないのも、真紀にとって救いがないことだった。

貧乏が理由でいじめられたわけではないが、父親が出て行ってから、学校に行くのも学校で友達を作るのも、どうでもいい気分になっていた。なまじ、貧乏が当たり前という町ではないだけ、どうせわかってもらえないという感覚を、祖母が亡くなってからずっと持ち続けていた。

　祖母が生きていたころは、まさにおばあちゃん子だった。父なし子ということを過度に同情してくれたせいか、好きなだけ小遣いもくれたし、ゲームも携帯も買い与えてくれた。今の携帯も中1のとき、祖母が亡くなる少し前に買ってもらったものだ。

　祖母には、何でも話せた。もともと、ちゃらんぽらんな性格の母親と違って、はるかに頼りになる存在だった。とくに父親が帰ってこなくなり、さらに離婚してからはそうだった。でも、それから1年も経たないうちに祖母は死んでしまった。実は父親がいなくなった以上のショックだったのだが、それも誰にも言えないでいたのだ。

　祖母のいる家に帰るほうが、つまらない学校よりよほどましというのは、ある時期までは幸せなことだったが、逆に思春期に入りかけの時期に親友を持てない理由になってしまった。適当に周囲に合わせるだけの目立たない子供のまま、小中学校を終えたので、高校中退もあっさりしたものだったし、一部の教師は慌てたようだが、真剣に止めてくれる友達もいなかった。ちょっと考えてみれば、絵空事の今回の結婚騒ぎにしても、同じ年代の親友がいなかったから、そのまま信じ続ける羽目になったのだ。

雄太のことは、母親もうすうす気づいていたようだが、自分のことに忙しいのだろう、なんのとがめだてもされなかった。いつでも、ゆっくり真紀の話を聞いてくれた祖母と違って、今回の悲劇を打ち明けても、「ばかね」でかたづけられるのがおちだと自分でもよくわかっていた。

真紀には、向かう先は一つしか残されていなかった。

出て行った父、哲也《てつや》のところに行くしかない。受け入れてもらえるなら、引き取ってもらって、別の人生をスタートさせよう、などと必死になって気持ちを切り替えていたのだ。

哲也が家を出たのは、小学校6年生のときだった。

父親なりの引け目があったのか、メールのやりとりは、今もときどきしていた。多少は悪いと思っていたのだろう。「つらくなったら、いつでもおいで」というメッセージを定期的に入れてくれていた。

実際、高校中退のときは哲也がいちばん反対した。もっともそのころには生活費も入れなくなっていたのを知っていたから、無責任としか思えなかった。

でも、今となっては、テレビドラマのように再会して、思い切り泣いて、思い切り抱きしめてもらいたい。それはお父さんしかいない。

そうでないと、自分が壊れてしまいそうな気がして、田園都市線の宮前平《みやまえだいら》までの切符を買った。

父が住んでいるはずのマンションにたどりつき、チャイムを押す。まだ帰ってきていないようだ。

まだ8時だから、普通の仕事をやっているのなら帰ってこなくても仕方がないか？今日は早く家に帰ってきてというメールを打つことも考えていたときに、赤いワーゲンがマンションの駐車場に停まった。

マンションの玄関ホールからずっと外を見ていた真紀は、運転しているのが父親だと確信して思わず飛び出した。

「お父さん！」

哲也はさすがに驚いたようだった。

「どうした」

「もうあたし限界なの！」

父親の胸に飛び込もうとした瞬間に、後ろの人影が目に入った。

その人影は妊婦だった。どうやらこの様子から、哲也の子供が突然押しかけてきたのだと気づいたのだろう。

「初めまして」

つくり笑顔を浮かべて、その女性は挨拶してきた。

真紀もすぐに事情を察した。

「そういうことだったの？」

「まあ、そういうことだ」

とにかく上がっていけよという次の言葉を聞く前に真紀は駆け出した。

哲也も追いかけなければとは思ったのだが、今の妻には、真紀とメールでやりとりしていることも、住所を知らせてあることも打ち明けていなかった。

優柔不断な哲也は、結局、脚が止まったまま、

「ちょっと待てよ」

と叫ぶだけだった。

5

明けて、五十嵐の運命の日はやってきた。

小宮に診察室に呼び出されると、五十嵐はちょっと強がって聞いた。

「どうだった」

「残念だが、肺の影は転移《メタ》だ」

「そうか」

冷静を装って五十嵐は聞いた。

「あと、どれだけ生きられるんだ」

「普通に行くと、1年半ってところだろう」

「普通にね。俺だけは普通でないようにしてくれないか？」

五十嵐は、昨日、宇佐美に渡しそびれた2000万円の札束を、小宮の前に差し出した。

「個人輸入で、未認可の抗がん剤をとってくれるなり、お前のコネで重粒子線の治療でも受けられるようにしてくれるなり、お前の知る限りのやり方で何とかしてくれ。メタを片っ端から潰《つぶ》すっていうのは、できないのか？　放射線の達人さんよ。これは、ほんの軍資金の一部と考えてくれていい。もちろん、お前への礼もこみだ」

「それだけ全部使っても、残念ながら延命効果はほとんどない」

「どういうことだ」

「転移のある食道がんに抗がん剤が効いたというデータはほとんど出ていない。放射線治療も進歩しているが、メタには無力だ」

「お前と違って、俺は、名誉より金の人生を選んできたんだ。おかげで受験生の間では、神様と言われるようになった。そして、その親たちがお布施もたっぷり持ってきてくれる。おかげで、それこそ宇宙にだって行けるくらいの金も貯まったよ。その金で、こんなに元気な人間の一人も助けられないっていうわけか？」

「命の長さそのものではないが、その元気な時間を延ばす方法はある」

「は？」

「一日の中の無駄な時間を減らして、さらにその時間当たりの密度を上げることができれば、試験前の1ヶ月は半年分になるというのは、お前の口癖だったよな」

「もったいつけるなよ。第一、がんになって、これ以上残りの人生の充実度を上げることができるわけないだろ」

「ただ、よけいな苦しみを減らすことはできるんだ。緩和ケアって知っているか？」

「さっさとホスピスに入れってことか？　悟りでも開けば、人生が充実するってか？」

「お前は医者といえないかもしれないが、医者の間でもそういう誤解はまだ続いている。だが、俺ががんの専門医として、いちばん大事にしている仕事の一つなんだ」

五十嵐は黙った。小宮が緩和医療もやっていることは聞いていたはずだが、まったく気に留めていなかったのだ。

「がんは、痛みや苦しみさえ取り去ることができれば、死ぬ間際まで頭もはっきりしているし、自分の仕事もできる。人間の死ぬ確率が１００％ということを考えれば、生きられる時間は短くなるかもしれないが、自分で生き方を選んで死ねる病気とも言える。あとは、残りの1年半に何をやるかだ」

不思議と、「お前はその命が短くなるほうにあたっていないから、そんな無責任なことが言えるんだ」という怒りの言葉が出なかった。

「わかったよ。優等生」

ちょっといやみを口にするのが、やっとだった。

「とりあえず、本を持っていってくれ」

小宮は、東大の別のがんの名医である中川恵一《なかがわけいいち》という医者が書いた、『がんのひみつ』という小さな本を五十嵐に手渡した。

帰り際、五十嵐はいきなり廊下で声をかけられた。

「五十嵐先生」

見れば、どこか見覚えのある研修医である。確か元塾生で、講師のバイトもしていたのではなかったか。

「お、鈴木か？」

「山田ですよ。ひどいな」

確かに最近は、生徒の名前をいちいち覚えていないようになっていた。それでも理科Ⅲ類に入る連中については、覚えるようにしていたはずなのだが。

「すまん。最近、歳をとって物忘れが始まったのかな」

「先生ともあろう人が。ところで先生、医者になってもバイトで雇ってくれませんか？　先生もご存じと思いますが、臨床研修制度というのが始まって、研修医も遅くまで残されることはなくなったし、前よりは給料がよくなったそうなんですが、バイトのほうが禁止になってしまって。医者になれば一日5万で計算していたのに、まったくの当て外れなんですよ。学生時代に、先生のところでいい思いをさせてもらったから、ちょっと暮らしが詰められなくて。今頃になって、先生の言葉をいつも思い出すんです。世の中、金だって」

返す言葉はなかった。たった今まで五十嵐自身、そう信じていた。

ふだんならここで、威勢のいい人生訓をたれてくれるはずの五十嵐が返事に詰まっているのを見て、その研修医も、何かまずかったのかなと感じた。

「お体の具合でも」

「いや、同期とちょっと話があっただけだ」

と言うや、足早に立ち去った。


車の後部座席で五十嵐はぼんやり考えていた。

確かに充実した人生が送れるのなら、1年半でも十分な時間かもしれない。

むしろ、五十嵐がつきつけられたのは、することがないという事実だった。

今のビジネスも、当初はできない子供、人生を諦めかけている子供を再生させることに夢があった。受験テクニックの研究を重ねることも、若い東大生とそれについてディスカッションをすることも、充実感があった。

しかし、今は金儲けが目的化していた。

よくよく考えたら、その金を何に使うか決めていなかった。

確かにグルメやワインを一生楽しむことはできるだろう。行きたいときに銀座に行くこともできる。金があれば、おそらく歳をとっても女性に不自由をすることはないだろう。

しかし、それを1年半続けることを考えるとさすがにむなしかった。

第一、やるべき目標がなければ、時間の密度を上げることはできない。

受験勉強であれば、ゴールが見えてきたら不要な勉強をせずに、残された時間を必要な勉強だけにあてれば、時間の密度は確実に上がる。あるいは、1時間当たりに解ける問題の数が2倍になれば、1時間は2時間に化けることになる。1日5時間勉強していた子供が、最後の1ヶ月だけでも10時間やる気になれれば、受験生にとっては、1日が2倍になったのと同じことだ。こういう掛け算をすれば、最後の1ヶ月に半年分の勉強くらいは楽にできる。

確かに、これはつい2ヶ月前に、自分が多くの受験生に投げかけていた言葉だった。

しかし、やることがなければ、1日はどうあがいても1日のままなのだ。

何が自分に残されているというのだ？

今となっては不幸なことに、女を変えたばかりだった。落とす前は多少の充実感はあったのだが。

まだ駆け出しだが、テレビでもときどき目にするタレントだ。

ワイン会で知り合った制作会社の社長が紹介してくれたのだが、パトロン探しと思っていたら、思ったより身持ちが堅くて、落とすのに半年もかかってしまった。それがつい先月のことで、ちょっと熱を上げすぎたか、他の女とは切れてしまった。

今、この新しい女に自分の運命を打ち明けても、受け入れてくれる確信はとてももてなかった。誠意で恋愛関係になったというより、ありったけのテクニックを使って、自分がいかにすごい男かということを見せ付けて、押し捲《まく》った挙句の勝利という感じだった。実際、落とした途端に五十嵐自身が冷めていた。

行くあてもないが、まっすぐ家に帰る気もしなかったし、会社に立ち寄るなんてとんでもないという気分だった。

「ちょっと用事を思い出したから、ここで降りる」

一応、教育の世界では名が知れた男という自覚があったので、とくに下半身関係のスキャンダルにはナーバスになっていた。運転手とはいえ、秘密を握られたくないので、プライベートな遊びには社用車を使わないことにしている。

運転手も、おそらく事情を察しているのだろう。靖国通りで、五十嵐は車を降りた。

地下鉄の駅に着くと、五十嵐は、何紙か夕刊紙を買った。

電車に乗るのをやめて、タクシーに乗って、新宿のプリンスホテルに偽名でチェックインした。何か思い切り下品な遊びをしたかったのだ。それくらいしか、今の自分を紛らす方法を思いつかなかったのである。

教師や医者が破廉恥な事件を起こして世間を騒がせることは多いが、五十嵐に言わせたら、知的好奇心の強い人間が、性的な好奇心も強いのは当然なことだった。

知的好奇心だけ強くて、性的なものにはイノセントというように、神は人間をそんなに都合よく作ってくれない。フロイトですら、自分の強すぎる性欲に悩み、ユングは妻と妾《めかけ》を同居させたくらいなのだ。

そうはいっても、この手の遊びはもう10年以上控えていた。

女に不自由していないのもさることながら、万が一トラブルがあったら、さすがに教育の世界では生きていけなくなる。それに病気も怖かった。せっかく不滅のビジネスモデルを作ったのだから、つまらない遊びで病気をもらうリスクは勘弁だ。

ＨＩＶは確率的に極めて低いが、Ｃ型肝炎だとキャリアは１００万人以上いる。不特定多数の人間とセックスをしていれば、感染の確率は確実に高くなる。今はインターフェロンがあるとはいえ、うつされたら酒も飲めなくなるし、肝硬変やがんにおびえ続けないといけない。

それでも、三行広告には男の妄想をかきたてるものがある。５万円も出せば、モデルやレースクイーンに相手をしてもらえるというのもある。たいがいはガセなのだろうが、ときに本物がきたので、五十嵐は一時はまったことがあった。今はタレントレベルの女の子でも紹介してもらえるだけの力があるから、魅力を感じなくなっただけなのかもしれない。

ただ、今日の五十嵐はまったく違っていた。仮に遊びがばれて塾生全員に逃げられたところで、1年半なら、1日100万円使ってもあまるくらいの金はある。よしんばHIVにかかったとしても、発症するまで自分は生きていないのだ。

今回、五十嵐の妄想をかきたてたのは、「本物の女子○生」とか「ぷちサークル」などと書かれたものだ。

以前、この手の三行広告から女子高校生を買いあさり、つかまった名士が週刊誌に出ていたことがある。出会い系は足がつくから、偽名でこの手の遊びをするのがトレンドになっているらしい。女子校生（中学生までいるらしい）のほうも、出会い系よりいろいろな意味で安全なので、けっこうかわいい子が登録しているという話だ。ただ、そのバカ男は名刺まで渡していたそうだが。児童買春は立派な犯罪なのに。

五十嵐は、ロリコン趣味はなかったが、高校生とセックスをしたことがないのを多少悔しく思っていた。

男子校出身で、一応受験勉強を一生懸命やっていた身である上、左翼青年だったので、高校時代はガールフレンドさえいなかった。

大学生になって、家庭教師先の女の子から言い寄られたことがあったが、彼女もいたし、そのころはまだ教育に燃えていた。むしろ説教をする口だった。

受験のカリスマになってからは、いい歳をしていまだに女の子から信じられないようなファンレターをもらったり、付文をされたりもする。

不条理な話だが、その手の女の子の心を弄《もてあそ》んでも、つまり教師が生徒に手を出しても淫行《いんこう》にはならない。要するに児童（18歳未満の少年少女）と淫《みだ》らな行為をしてはいけないというものであって、セックスそのものを取り締まるようにはなっていない。ましてや、五十嵐の場合は独身なので、まじめにつきあうつもりだったという言い逃れが可能なのだ。

ところが、相手に口止めのつもりであれ、ずっと若いので悪いと思ったのであれ、お金を渡した瞬間に買春ということになり、これは条例違反ではなく、法律に触れる犯罪ということになる。

そんなことを調べるということは、五十嵐もその誘惑に負けそうになった経験があることを意味するが、職業倫理と、会社や自分にかかわるリスクを考えて、かろうじて踏みとどまっていた。実際、ライバルと目される東大専門を売りにしている名門塾では、講師と生徒の不純な関係が頻発していて、親や名門校の女子高生の間でそれなりに知られるようになっていることを五十嵐も耳にしていたのだ。

ただ、40を過ぎると、若い子との恋愛はどんどん非現実的なものになっていくことも自覚してきた。このまま一生、高校生の体を知らないままで死ぬというのは、好奇心旺盛《おうせい》な五十嵐には、やはり悔しいことだったのだ。

とにかく話だけでも聞いてみよう。

五十嵐は、その手の広告の一つに電話してみた。

「もしもし、新聞を見て電話しているんですけど、女子○生というのは、女子大生のことですか？」

多少とぼけて五十嵐は聞いてみた。

「いや、うちはもっと若い娘《こ》、専門ですわ。それでもよろしかったら、女の子の質は保証できますけど」

関西なまりの返事が返ってきた。

「いくらくらいなの？」

「高校生で4万、中学生なら6万です」

昔読んだ週刊誌にもそんなことが書いてあった。

「じゃ、ホテルが決まったら電話します」

本物の女子校生売春のようだったが、するとなおのこと、そのまま頼む勇気がでなかった。


ちょうどそのころ、真紀は薄暗いワンルームマンションの一室にいた。

「高収入バイト!!　ＪＫＪＣ大歓迎」という、普段なら無視するような広告メールにレスポンスしてしまったのだ。ＪＫとは女子高生、ＪＣとは女子中学生を意味する隠語らしいが、そんなことを知らない真紀もヤバい仕事とはわかってここを訪ねたのだ。

昨日の晩のおまけの事件のせいだった。

父親にも女ができたことを知って、帰るところはあの家しかなかった。

しかし、その自宅に帰ると、変な男が立っていた。

「怪しいものじゃありません」

今時、黒いシャツに黒いネクタイにジュラルミン・ケースじゃ十分にあやしいよ。

「お母さん、いつ帰ってくるかわかるかな」

黙っていると。

「いや、私はちょっとお母さんにお金を貸しているだけなんだけど、そろそろ返してもらわないと、まずくなってね」

　大方そんなことだろうとは思ったが、もうこの家もとられるのだろうか。自分もどこかに売り飛ばされるんだろうか？　なんてことまで考えてしまう。

　追い討ちをかけるように、自分のことをじろじろ見ていたその男が言った。

「お嬢ちゃん、歳いくつ？」

　一間おいて、

「今日は帰るから、お母さんによろしく言っといてね」

と言って立ち去っていった。

　そんなこともあって、あんな男に売り飛ばされるくらいなら、こっちのほうでもう落ちるところまで落ちてやれというやけくそな気分だった。

「一応、登録だけしておいてください。偽名でいいですから、携帯番号とメアドだけはきちんと書いてください。お客さんが見つかったら電話しますわ。うちは、そのとき断りたかったら、断ってもらっていいシステムだから、安心してくださいね」

　応対してくれたのは、何でこんな仕事をしているのかわからないような男だった。思っていたより怖いところではないような、妙な安心感を覚えた。

　覚悟は決めたつもりだったが、まだ男の体は雄太しかしらない。とりあえず、登録だけして、そのあと考えることにしよう。

真紀は軽い気持ちで登録用紙に記入を始めた。

そのとき事務所の電話が鳴り、男は「じゃ、それを書いといて、少し待っててください」と言うと、奥の机で電話をとった。

真紀が書き終わったころ、男は猫なで声で「商談」を持ちかけてきた。

「実は、シティホテルの客からの電話ですけど、どうしますか？　初めてやったら、ラブホテルより、客層も安心やと思うけど」

真紀はシティホテルとラブホテルの区別もつかなかったのだが、この男の話が親切心で言っているように聞こえた。

どうせなら、今思い切ろう。

真紀はその話に乗った。


ドライバーの男はちょっとしたイケメンで、こちらも何でこんなことをしているのだろうという感じの若い男だった。

「怖い？」

男のほうから話しかけてきた。

「もう覚悟はできてますから」

「いいこと教えてあげるよ」

一間おいて男が続けた。

「もし、客が気持ち悪くって相手する気になれないのなら、客がシャワー浴びているうちに、ポケットから名刺でも免許証でも、身分証を探しな。知ってると思うけど、児童買春は犯罪なんだ。相手が堅気の人間なら、たいがいそれでびびる。うまくすればお金だけもらえる。ばれたらこの店には来れなくなるけど、そのくらいは身を守ったほうがいいよ」

さすがに緊張していた真紀は、ちょっとほっとした。

「こんな仕事、早めにやめたほうがいいよ」

「じゃ、なんでこんな仕事してるの?」

「親父《おやじ》の借金のかたのようなもんさ」

男は、それを聞いてほしかったのかもしれない。それなりの会社の社長の子供で、レーサーを夢見ていたのに、父親の会社がつぶれて、借金まみれで、一家離散。いちばん金になる運転の仕事を探していたら、これだったと笑いながら話した。

五十嵐のほうも、ホテルの一室で緊張していた。まるで、思春期のいたずら坊やに戻ったような感覚になっていたのだ。

これから始まることは、生まれて初めての女子高生との経験であると同時に、高校時代、万引きどころか喫煙すらしなかった五十嵐にとって、初めての犯罪行為なのである。

しかし、この変な不安感のおかげでがんのことをわずかの間忘れることができた。五十嵐にしてみれば、そのほうがよかった。

ドアにノックの音が鳴った。

慌ててドアをあける。

確かにかわいい子だが、何か見覚えがある顔だ。まさか、自分のところの生徒だったらどうしようかとちょっと焦った。今の時代、あり得ない話ではないからだ。

真紀にとっても見覚えのある顔だった。いや、若い分だけ、すぐに記憶が蘇った。

あの嫌味な金持ち野郎が、最初の客だなんて。

自分の不運を嘆きながら、どうしても嫌だったら、ドライバーの男に教えてもらったようにしてやろうと覚悟を決めて、ビジネスに入った。

チェンジする客もいるから、最初に「あたしで大丈夫ですか？」と聞けと店のおじさんには言われていた。

「あたしで大丈夫ですか？」

「ああ」

気のない返事だった。

「セーラー服の女の子を期待してたんでしょ？　あたし、高校行ってないけどいいの？」

自分はロリコンでなく、高校生と体験をしたいという青春時代の夢を死ぬ前に再現するためだと自分に言い聞かせていたこともあって、確かにちょっと気勢がそがれた気がした。

すぐにビジネスライクな言葉が続いた。

「前払いでお願いします。４万円と交通費２０００円に、消費税が２１００円で、４万４１００円になります」

こんな非合法な商売で消費税なんかとるわけない。この女の子は売春だけでなく、こんな小銭儲けまでするのかと思いはしたが、その逞《たくま》しさと計数感覚に、昔の自分を思い出した気がした。そしてもう一度その顔を見たら、ひっかかっていた記憶が蘇った。

「お前、あのときの？」

「やっぱり貧しいのはおじさんのほうだったね」

「お前のほうも、貧しくなったな？　1円じゃ満足できなくなったのか？」

真紀は思わず泣き出した。

「俺もそんなつもりじゃ」

五十嵐もしどろもどろで言い訳を考えていた。

「まだまだ、人生はやり直せる。俺は客のふりをしているだけで、非行少女の更生の仕事をしている者だ。泣くより、こんな風になった事情を聞かせてくれないか」

冷静に考えれば、そんな仕事をしている人間がこんなに羽振りがいいわけはないのだが、真紀は何がなんだかわからなくなっていた。

五十嵐の側としては、その場を取り繕うために、少女の更生という言葉をつかったのだが、そこで我に返るところがあった。更生という言葉を少しまじめに考えてみたのだ。

この娘を更生できるか？

そのとき、五十嵐の心に稲妻のようなものが走った。

そうだ、この娘を東大に入れればいいのだ。

確かに夢のような更生だが、最高の更生といえるものだ。格差社会の負け組と思っている人間だって、勝ち組に入れれば、こんなバカな仕事に手を染めることはなくなるだろう。

五十嵐は、この娘が、1円の金を浮かせるために戦っているのを邪魔した際の後ろめたさを思い出した。そして、自分は充実した毎日が送れているのに命が残っていない一方で、彼女が命は有り余っているのにただ生き延びるだけという生活を、これから死ぬまで続けていくに違いないと思ったことも。だからといってイライラしたのは、よく考えるとお門違いではなかったか。

そうだ！　ポンコツの子供たちを再生してやるのが、俺の仕事だったじゃないか？

高校中退のエンコー少女なら相手にとって不足なしだ。

それに……この娘は、頭だって本当は悪くなさそうだ。

よし、俺の最後の仕事が見つかった。俺にも彼女にも、希望が生まれるぞ！

そして、思わず口走った。

「お前は、自分の可能性に気がついていない」

まだ涙が止まらない真紀だったが、自分に「可能性」なんてものがあるなんて言われたことがなかったので、その言葉にちょっとひっかかった。

ただ、次の言葉があまりに突拍子のないものだったので、急に希望が冷めてしまった。

「お前、東大行かないか？」

何を言っているのかわからなかった。

「東京大学だ。そこに入れば、お前のような高校に行っていない子でも運命は変えられる。勉強は、素質じゃなしにやり方だ。運命だって、希望とやり方で変えられるんだ」

やはりこの不気味な金持ち風の男は詐欺師なのだ。

「店に金を払わないといけないんだろ。いい返事を待っているよ」

5万円と五十嵐の携帯電話の番号を書いた紙を渡された。

おつりを持っていないと言うと、もらうつもりなどないという返事だ。たった59００円（本当は8０００円）だけど、真紀にとっては大金である。

結婚詐欺は最初は金持ちのように見せるという話をテレビで見たことがあるけど、私を相手にどんな詐欺ができるのだろうか？　本当に金持ちで、私を愛人にしたいのか？　でも、どうして今日は何もしようとしないのだろうか？

真紀のあまりに貧弱な人生体験では、まったくわけがわからなかった。

「名前、聞いていいか？」

「真紀……遠藤真紀」

なぜか、本名を答えてしまった。

車に帰ると、ドライバー君は転寝《うたたね》をしていた。寝顔を見ていると、確かに悪いことができそうな顔じゃない。

「あの、お店には2万円でしたよね?」

と五十嵐から受け取った2万円を渡した。

「あと、運転手さんには2000円って聞いてるんですけど、おつりありますか?」

1万円札を差し出そうとすると、

「チップもらったの? じゃ、今日は俺のほうも初仕事のご祝儀にしてあげるよ」

ただ、その顔はちょっと寂しそうだった。

ドライバー君にとって、また一人、女の子が落ちていくのを見るのが、この仕事の一番嫌なところだった。摘発されると警察に連れて行かれるのも怖かったが、どうせこれ以上落ちるところはないと開き直っているから、覚悟はできていた。でも、まじめそうな子がこの仕事に入っていくのを見るときには、やはりやるせない気分になるのだ。もともとが育ちがいい上に、自分も落ちた口だと思っているので、ほかの人間が落ちていくのに余計な同情をしてしまう。そして真紀は、彼を十分そういう気分にさせてくれる雰囲気を持っていた。

「この仕事、やめることにしました」

「そう」

ドライバー君の声は嬉しそうだった。

「今日のことは忘れたほうがいい。店の人にもよく言っておくから。携帯の番号も捨ててもらうようにしておく」

ホテルの中の事件といい、このお兄さんの態度といい、あまり親切にされるという経験をしていない真紀には、久しぶりに「ついてる」という気にさせてくれるものだった。さっきまでの落ち込みが、なぜか急にうきうきした感じになったのは、この年代の女の子の特性といえるかもしれない。


実は、五十嵐も急に気分が明るくなっていた。

まだ東大病院を出て、2、3時間しか経っていなかった。これまで自己愛が満たされ続けてきたこの男には、そういう楽天的なところがあるのだろう。

すぐにチェックアウトを済ませて、タクシーを拾うと、五十嵐はミチタワー・ゼミナールの事務局に向かった。

事務局の入り口をあけると、東大合格発表のときの掲示板がすでに外され、粗大ゴミにすべく、バラの花もほとんどがむしり取られていた。

それは実は毎年のことだった。受験生と五十嵐たちの努力と才能で勝ち取ったバラの花も、２週間もしないうちにただのゴミになるのである。

毎年１００個もバラを飾っているうちに、そんなものに大きな価値があるようには思えなくなっていた。よその塾や予備校みたいに、１年中合格者一覧を飾り続けるのは、むしろ五十嵐の美学に反していた。彼にとって東大合格は、そのくらい「当たり前」のことになっていたのだ。

ただ今日の五十嵐には、このバラは大切なものに見えた。

あの娘のためにバラを一つもらっていこう。

いちばん損傷が少ないバラを一つ拾った。

最近、欠勤がちの五十嵐の後ろ姿を目ざとく見つけた木村が寄ってきた。

「どうかなさいましたか」

「いや」

「来年はもっとゴミが増えますが、その分稼ぎのほうもアップできそうです。入会希望者は去年の20％増し。塾長の授業料の設定はさすがでした」

「ふーん」

一呼吸おいて、五十嵐は木村に言った。

「俺、ここやめるわ」

何を言っているのか木村にはわからなかった。

五十嵐のほうも、どうせ木村には自分の言いたいことはわからないだろうと思って、わざとその赤いバラを見せた。

「この残りは、みんなお前にやる」

足早に五十嵐が立ち去ろうとすると、木村はあわてて追いかけてきた。

「ちょっと、待ってくださいよ。一緒にこのゼミを始めて以来、二人の間で抜け駆けはなしって約束じゃないですか？　最近来ないと思ったら、もっと儲かる仕事でも見つけたんですか？　塾長が抜けたら、生徒の信用だってあるんですよ。金儲けより、もっと生徒のほうを大切にして下さい」

「もう、お前でできるよ」

生徒より自分のほうが完全に大切な人になっている木村は、すでに今の変身した五十嵐とは別世界の人間だった。

ドライバー君の親切な対応に、真紀のほうも、人生捨てたものではないと思える程度に立ち直ってきた。

部屋に戻って、今日の戦利品の3万円とあの変なおじさんの携帯番号とにらめっこをしているうちに、別の形で開き直れるようになってきた。

どうせ一度は捨てた人生なんだから、だまされたと思ってかけてみよう。

真紀は携帯電話を手にとった。

五十嵐が電話に出たのは、根津の汚いアパートの一室だった。

そう、ここがミチター・ゼミナール発祥の地である。五十嵐にとってはどうでもいい過去になりつつあったのだが、ときに初心にかえる必要があると慢心を戒めるために、初めてまともなビルに教室を移す際、この場所を借り続けることを決意したのだった。当初は、ここに創業メンバーで集まることも多かった。とくに宇佐美のお気に入りの場所だった。しかし五十嵐がここを訪れるのは、もう10年ぶりになっていたのだ。

五十嵐が自分を取り戻し、タイムスリップをするには、ここは最適の場所だった。確かにいろいろな記憶が鮮やかに蘇ってくる。

4畳の台所を改造した元の事務室の奥に、今でも4人の生徒の名前が並んでいた。最初に東大に合格させた生徒たちだ。そしてその名前の脇にはまだ赤いバラが貼り付けられたままになっていた。当時は、これを心の支えにしていたのだ。

真紀との電話を終えると、五十嵐は再び、このバラを見つめ直した。

6

翌日、真紀は昨日も訪れた新宿プリンスホテルの地下のロビーラウンジに呼び出されていた。

少し薄暗いが、入ったことのないような豪華な雰囲気に少し真紀は戸惑っていた。それ以上に、コーヒー一杯700円というのも驚きだった。

五十嵐はここをよく使う。新宿の中では静かなほうだったし、コーヒーのお代わりが自由で、相当長居をしても追い出されないことが気に入っている理由だった。自分の部屋では煮詰まってしまったときに、本を読んだり、原稿を書いたりするのに、学生時代から愛用していた。

一時期、談話室滝沢という静かな喫茶店も使っていたが、そこが廃業してしまった。でもコーヒーはこちらのほうがおいしいからまあいいかと思っていた。

五十嵐は、真紀に分厚いテストを渡した。

これは、ミチター・ゼミナールの秘伝ともいえるテストである。

数学のテストは小学校の計算問題からセンター試験レベルまでの問題で構成されて

いて、英語のほうも中学の初めからセンターレベルまでの問題が組み合わされている。もともとが名門校の生徒でない、一般の公立高校の生徒を対象に東大受験を目指す塾を作ったのだが、生徒の学力があまりにまちまちなので、まずはそのレベルのチェックが必要だった。

そして、生徒がたとえば中学レベルで穴があると、いくらわかりやすい本を使って教えても高校範囲の内容で理解できないところが残ってしまう。わからないところを残したまま前に進むと、わからないところが雪だるま式に膨らんでいく。結局勉強時間をかけた割に伸びないで受験に失敗するという図式は、経験上はっきりしてきた。ところが躓《つまず》き始めまで戻って勉強をすると、わからないところを残さないで先に進むことができる。少々勉強ができない子でも、高校生になって中学校の教科書や問題集を見れば易しく感じるはずだ。そして、昔とは比べ物にならないスピードでできる。少なくとも英語と数学に関しては、回り道に見えても、できないところまで戻るのは鉄則なのだ。

ただし創業当事と比べて、今の高校生の学力低下には目を覆わんばかりのものがある。小学校の分数の計算がまともにできない子供がうようよいるのである。事実、早稲田や慶應でも入試で数学を課さない学部では、分数の計算ができない大学生が2割もいたというが、それが今の学生の実態だということは五十嵐にもよくわかっていた。

だから、今のミチター・ゼミナールのテストには小学校レベルの計算も入れてあるのだ。

ただ、昔と違って生徒を選べるようになってきたので、今はそこまでできの悪い生徒は入れていない。もちろん、中学生や高校入学時から入る生徒については、小学校レベルから鍛えなおすこともある。

この娘の場合、確かに計数感覚や数学のセンスはありそうだ。だが、勉強をやった経験はほとんどないだろう。どの程度できないか見ものだ。時間は泣いても笑っても1年半しかないのだから、最後の勝負であることは間違いない。

「これを今からやってもらう」

話を聞きに来ただけのつもりだったのに、いきなりテストかと思ったが、そのぶんいかがわしさが和らいだ気もした。ちょっとふざけて真紀は答えた。

「げっ、ものすごくあるじゃん」

確かに問題の数は多い。

「1科目1時間半、3時間でやれ」

「ここで？」

「そうだ、だからここに呼んだ」

五十嵐にしてみれば、久しぶりに時間をたっぷりとって行う受験指導だった。問題をそのまま渡して家でやらせるという選択肢もあったが、この娘が家でやれる保証はない。ほとんどできないとしても、目の前で解かせれば、どの程度の理解が残っていて、どういう考え方をして問題に取り組むのかもわかる。高校範囲はおそらくお手上げだろうから、ギブアップをさせれば、無駄な時間も減る。せっかく暇になったのだから、目の前でやらせる。そのつもりで、余計な干渉のないこのロビーラウンジを選んだのだ。

結果は惨憺《さんたん》たるものだった。2、3年かけられたとしても、今のミチター・ゼミナールなら入塾お断りとなるレベルだった。英語は、中学1年生くらいまでは多少勉強した痕跡《こんせき》が見られるが、それ以降はまったくやっていないと言っていい状態だった。

数学も文字式や正負の数はできるのに、分数の計算がまったく理解できていない。掛け算ができるのに、足し算や引き算ができないのだ。

たとえば、2／3×4／5＝8／15ができているのに、1／2＋1／3＝2／5としている。

理解がないまま、分数の掛け算を分子×分子／分母×分母でやっているのはいいが、足し算のほうは分子＋分子／分母＋分母となっている。分数の概念がまったくわかっていないことを端的に示している。

ここは、見過ごすわけにはいかない。

「なんで、1／2＋1／3＝2／5なんだ?」

「普通に計算したんだけど」

五十嵐は円を三つ書いた。1／2が半円、1／3が三分円、そして円を五つに分けて、そのうちの二つが5分の2であることを示した。それぞれを指差して、

「これが1／2で、これが1／3なのはわかるよな?」

さすがの真紀もその程度は理解できる。ちょっと馬鹿にされた気さえした。

これがお前の答えの2／5だと、円の5等分のうちの二つを指差されたときに、自分の答えがおかしいことに初めて気づいた。

「どうして、二つ足して、もとの1／2より小さくなるんだ?」

確かにそうだ。

五十嵐は今書いた二分円、三分円を六つに分けて、1／2が3／6、1／3が2／6であることを示した。

「合わせると6個のうちの5個だとわかるだろ?　答えは5／6だ」

確かに真紀は分数の計算のころから、勉強がいやになり始めていた。ちょうど家庭でごたごたがあった時期でもあるが、わからなくても誰にも教えてもらえず、放《ほ》ったらかしだったのだ。元は利発な子供の部類だったが、いったんわからなくなった際に家庭や塾などのフォローがないと、今の学校教育では、そのまま勉強がいやになるきっかけになる。

とくに今の小学校は宿題やテストを極力出さないようにしているから、本当に放ったらかしの状態になる。これでは教育格差が生じても仕方がない。頭が悪いわけではないのに、家庭の教育力がないことのまさに犠牲者といえるのだ。

ただ、真紀のほうは、すっかり五十嵐の虜《とりこ》になっていた。

わかる喜びを感じさせてもらったのも初めてだったし、こんなに親切にわかるように教えてもらったのも初めてのことだった。自分もできるようになるかもしれない。まさに真紀が「希望」を手にした瞬間だった。

「ところでお前、高校にはどれだけ通ってたんだ」

「1ヶ月」

「高校中退で大学に行きたければ、高校卒業程度認定試験をクリアする必要がある。

これに合格することが当面の目標だ。だが、1ヶ月しか通ってないのなら、1科目も免除されない。公民は現代社会を選択するとして、8科目の合格が必要だ。8月にテストがあるから、これから4ヶ月、まずはその対策だ」

五十嵐は、何冊か問題集を出した。

『徹底反復計算プリント』『基礎から発展まるわかり小6算数』『英語リピートプリント中1』を最初に差し出した。

「教科書は？」

「そんなものは無意味だ。教科書を読んで、簡単にわかるようだと教師の面目が立たないから、わざと教師の話を聞かないとわからないように作ってある。だから、解説が不親切で、お前のように学校に行っていない人間がわかるようになるのには不向きだということだ。その上、問題演習が少ないから問題が解けるようになるだけの力がつかない。お前は、俺が出す宿題だけをやっていればいい」

やるべきことが決まったところで、次はやるべき量だ。

「お前、一日に何時間できる？」

「さあ、今はバイトを半日にしてるから2時か3時には家に帰れるけど、店の手伝いもしないといけないし。お母さん何にもやんないから、家のことはみんなあたしがやってるし」

「それなら、1時間半の時間を三つ作れ。90分は集中しろ。それを3回やって、頭を慣らすことだ。東大入試は2時間半の科目もあるが、まずは1時間半集中できるようにならないと、受験に太刀打ちができないからな。それだけできれば、1週間もあれば今日の宿題はできるはずだ」

与えられた本をぴらぴらとめくって見ると、小学校の計算や中1の初歩レベルの英語の反復プリントのようなものだ。やればできそうな気がしたが、面白みはまったく感じられなかった。

「こんなものをやるの？」

「つまらないと思ったのか？」

「ちょっとね」

「お前、バイトしてると言ったな。時給いくらもらってる？」

「850円に上げてもらったところ」

「仕事、面白いか？」

「周りはいい人だけど、単純労働だから」

「おそらくお前がこれからする勉強時間は、2000時間というところだろう。このままの生き方を続けていれば、50歳になっても時給1000円になるのがやっとだ。年収200万、生涯年収で7000万円というところだ。だが東大に入れば、平均でも生涯年収は5億とされている。あとは、お前の才覚次第だ。2000時間で4億以上の差だ。4億を2000で割ると？」

「えーと、20万」

「計算できるじゃないか。位取りを間違えないのはさすがだ。要するに受験勉強というのは時給20万円の高額バイトなんだ。850円の200倍以上。つまらないバイトを850円でしているのだから、面白くなくてもやる価値があると思わないか？　1時間半を3回ということは、1回30万円、一日に90万ということだ」

真紀は目を丸くした。

ただ、真紀は1時間半も勉強したことはなかった。さっきのテストも45分で打ち切りを食ってしまったのだ。それどころか、小学校の4年生くらいから、学校の外ではほとんど勉強をした記憶がなかった。だから1週間に3冊などという今日の宿題は、非現実的なものとしか感じられなかった。

ただ、近ごろ多少は集中力に自信がついてはいた。というのも、バイトの集配物の仕分けでは3時間ぶっ通しでやることもできたし、いちばん若いのに（若いからかもしれないが）仕事はいちばん速かったのだ。その宿題を「労働」と思えばできるかもしれない。そして五十嵐が言うように、本当に高額報酬のバイトならば。でも、東大に入れなきゃ無駄になってしまうのではないか？

だからここでだめを押して、やる価値を納得したかった。

「でも、もう一つ聞いていい？　それって、高校を卒業したのと同じことになるテストなんでしょ？　なんで小学校の算数をやらないといけないの？」

ここで、五十嵐は一枚の京大式といわれるサイズの情報カードを取り出した。

〈受験の要領その1　自分のスタートレベルを知れ〉

「何、これ？」

「ゴールへの道しるべだ。今のお前のレベルは、数学は小学校4年生レベル、英語は中1レベル、そして国語のほうもさっきの問題の意味がつかめていないし、まともな日本語が書けていない。よくて小学校5年生レベルだ」

「そこまで？」

「そこまで戻れば、必ずできるようになる。わからないままやろうとするから頭に入らない。ほとんどの受験生は、自分のスタートレベルがわからないまま無理して受験勉強を始めるから自滅するんだ。第一、計算能力は数学に限らず、いろいろな分野の基礎だ。お前ならすぐにスピードアップするはずだ」

とにかく、信じるしかない。でも、初めて信じられる人が見つかった。

真紀にはそう思えた。

「じゃ、行くぞ」

「どこへ？」

「お前の家に送っていってやる」

「いいよ」

「過保護で言ってるんじゃない。お前のことが知りたいんだ」

やっぱりそうか？　確かにお金もありそうだし、信頼もできそうだ。でも、さすがにこんな歳の人間とつきあうのは、まだ勘弁だ。

「何を勘違いしている。医者が往診するのは、患者に便利だからというだけではない。たとえば、往診を必要とするような高齢者の場合、どんな環境で生活しているかを知らないと治療の方針が決まらないことが多いからだ。お前がどんな環境で勉強をすることになるのか知りたい」

実際五十嵐は、昔はよく家庭訪問をしていた。要するに、ひどい環境で勉強をする子も引き受けていたのだ。子供の勉強に無頓着《むとんちゃく》な親とかけあうこともあった。でも、今の客層はその必要もないくらい恵まれた子供たちばかりだった。だが、久しぶりに知っておきたいと感じさせるだけの、言うなれば不幸オーラのようなものが真紀には漂っていたのだ。

「すごいボロ家だよ」

「机はあるか？」

「それはあるけど」

「ま、とにかく連れて行け」

五十嵐は、もう会社の運転手は使っていなかった。速く見えないのに速い車が好きだという理由で、メルセデスのMクラスのAMGに乗っていた。ポルシェのカイエンも魅力的だったが、青山あたりであまりに女性のドライバーが多いのに嫌気がさしてこちらを選んだのだ。

二人は車を降りて、真紀の店に一緒に入っていった。

母親がいなけりゃいいけど。

真紀はそう願っていたけど、千枝子はちょうど化粧の真っ最中だった。またデートなのだろう。

「あら」

「初めまして」

五十嵐は、この手の母親に慣れていた。10年以上挨拶《あいさつ》をする機会はなかったが、昔取った杵柄《きねづか》ではある。

「真紀さんが私のところで勉強をしたいというので、ご挨拶に来ました」

「見てのとおりです。そんなお金なんてありません」

「お金はいらないので、勉強だけさせてあげてください」

「どこの方かわからないけど、うちは、この子に働いてもらわないと生活ができないんですから」

千枝子の携帯が鳴った。あわてて出ると、さっきとは打って変わった猫なで声で「すぐ行く」と答えた。

「忙しいので」

と言うと、そのまま立ち去っていったのだ。

ただ、千枝子は目ざとく、五十嵐の車を見つけ出した。身なりと車からお金は持ってそうだということだけは、計算に入れたようだった。

五十嵐は、結局10分も真紀の家にはいなかった。それだけ狭いということもあったのだが、小学生くらいまではそれなりにまともな環境だったこともあって、思ったほどひどく崩れていないというのが結論だった。

「ま、少し照明が暗いのが気になるくらいだな。目が疲れると能率が落ちるから、蛍光灯だけはもう少し明るいのに換えておけ。あと、今はいいが、夏場になって暑くて勉強できないようなら、図書館に行け。悪い環境で無理をすることはない」

そう口にすると五十嵐は出て行った。

五十嵐が車に乗ろうとすると、背中を軽く叩く男がいる。昨日の借金取りだった。

「あの家の方、ご存じですか?」

この手の男は、金を回収できそうなところへの嗅覚《きゆうかく》のようなものは著しく発達しているようだ。男は五十嵐を値踏みする。

同業者でなければ、千枝子のボーイフレンドなのだろう。あの女にしては上出来の男をつかんでいる。この男から少しでも回収できないものか、かまをかけてみる価値はある。

「なかなかお金を返してもらえなくて、私のほうも困っていましてね」

五十嵐は、即座に事情を察した。

「いくらだ」

「80万ほどですよ。そんな大金じゃありません。利息だけでもなんとかしてもらえれば、余計なトラブルにならなくて済むんですけどね」

収入の証明もできないような人間に、それだけのお金を貸すことは常識では考えられない。どうせ、めちゃくちゃな利息をつけている町金なのだろう。ただ、真紀の勉強の邪魔になるのは鬱陶《うっとう》しい。その程度の金は、五十嵐にとってどうでもいい金だった。とくに今の五十嵐には。

「ちゃんと証書はあるのか?」

「もちろんです」

「じゃ、払ってやるから、それを渡しな。その代わり、二度とここには来るな」

例の2000万円のキャッシュは、車に置きっぱなしになっていた。札束を一つ取り出すと、76万3000円なりの借金は帳消しになった。

どうせあの母親のことだから、これで味をしめてまた借りるだろう。だが、今は金より時間が惜しい。彼女ができる浪費では、1年半ならたかが知れている。とりあえず俺のことを邪魔にしなくなったほうが、あとあと都合がいい。

五十嵐はそう自分に言い聞かせて、車を出した。


「やっぱり、その緩和ケアというやつを受けることにしたよ」

「やっと心の整理がついたか？」

小宮は少しほっとしたのか、ふだんより明るい顔で応じた。

「というより、残りの人生ですることができた」

「その手伝いならできるかもしれない。痛みや苦しみがとれれば、死ぬ間際までふだんと変わらない生活ができる。がんそのものは治せなくても、痛みや苦しみが出たときは何とかできると思う」

「モルヒネか」

「この前渡した中川先生の『がんのひみつ』で読んだと思うが、モルヒネは口から飲む限りは、中毒にはならない。日本でがんにかかることの悲劇は、2週間やそこらしか命が延びない新しい抗がん剤が認可されないことなんかじゃない。それ以上に痛みを当たり前のように我慢させることだ。実際、モルヒネはアメリカの4分の1、カナダやオーストラリアと比べれば7分の1しか使われていない。痛みがコントロールできて、充実した最期のときを送れれば、穏やかな笑顔で死んでいけるはずなのに。もちろん、がんが進んで食べ物が食道を通過しなくなったら、その対処もする。無理して手術をしなくても、食べ物が通る程度には、放射線でがんは小さくできる。体がだるくなったときにはステロイドを使えば、かなり楽になる。Ⅳ期でなければ大きな手術をしていたところだから、しばらくは入院が必要だった。逆にいうと、残りの時間は、これまで通りに使えることになる」

「いい本だったよ。助かった」

「もう来なくなることを、多少心配していた。俺も嬉しい」

「やっとお前が本当にいいやつだとわかった。むしろ、一ヶ月前の俺より幸せかもしれない。……今はそう思うようにしている」

「ま、しばらくは今と変わらない生活ができるはずだ。モルヒネだって、今から使えって言っているわけじゃない。何かつらい症状が出たり、不安に思うことがあればいつでも来てくれ」

「ありがとう」

儀礼でなく、素直な気持ちでありがとうなどという言葉を吐くのは五十嵐にとって本当に久しぶりのことだった。いや、初めてかもしれない。五十嵐自身、自分がひょっとしたらいい人間になっているのかもしれないと思って、多少面映《おもはゆ》い気持ちだった。

同じころ、真紀は家で勉強していた。

もともとはしっこいところのある子供だったが、小学校の算数とはいえ、やるたびに計算が速くなるのが嬉しかった。しかも正確にできるのだ。この間習ったばかりの分数の足し算ももう間違えなかった。いつ追いつくのかはわからなかったが、きっといつかは、本当に東大に入れるかも、などと夢見る気分になっていたのだ。

前回の初講義から1週間後、同じロビーラウンジで五十嵐と真紀は向かい合っていた。真紀はちょっとずつ、こういう場所でも場違いでない感触を得てきていた。

「算数のドリルは、両方とも半分以上進みました。英語ももうすぐ中1が終わりそう」

真紀の声は、はずんでいた。

「I like baseball.」

「は?」

「主語をHeにして、否定文にしてみろ」

「He don't like baseball.」

「簡単にひっかかるな。Heは三人称単数だ。否定文にするときは、doesn'tになるだろ」

「そうか」

「勉強をやる目的は、問題集を進めることではない。問題ができるようになることだ。いくら何冊も参考書や問題集をやったところで、それに出ている問題が、次にやったときにできるようにならなきゃ時間の無駄だ。どうせ否定文を作るのに必死で、三単現を忘れてたんだろ」

　確かに図星だった。

「なぜ、こんなことが起こるか？」

　五十嵐は、またカードを取り出した。

〈受験の要領その2　予習より繰り返しの復習〉

「要するに、復習が足りないということだ。相当記憶力がよくない限り、人間なんてものは一回やっただけで覚えるものではない。でも、一回復習をするだけで、定着度が違う。そして、それでも間違ったところをもう一度やる。そうすりゃ、やった分だけできるようになる。第一、復習は一度やったところのおさらいだから、かかる時間が違う。1回目に1時間かかって、復習せずに3割しか覚えられなかったところが、10分復習するだけで7割になる。1時間で30点と、1時間10分で70点だったら、どっちが得か考えればわかるだろう?」

真紀の顔は、みるみる生気を取り返していった。

「俺が出した宿題より、たくさん進む必要はない。その代わり、やったところは全部できるようにしないとダメだ」

そこで、いいものをもう一つやろう。

五十嵐が差し出したのは、一枚のB4の紙だった。8月に行われる「高認」こと高校卒業程度認定試験のために、8科目について、これから何をやるべきかが書かれた、この4ヶ月の綿密なスケジュール表だった。どの教科についても、やるべき参考書や問題集の名前が列記されていて、それを何月にやるかが一覧表のようになっている。

「どうだ。多く見えるが、実際はそんなでもないはずだ。英数は、高1レベルで十分だ。中学レベルの復習をすることで基礎学力がつくし、その後の勉強もやりやすい。国語は、いきなり高認の問題集から入っていい。ただし、漢字の練習は毎日やれ。地歴・公民や理科にしても、問題集に出ていることができるようになれば十分だ。これだけあれば足りるだろう」

五十嵐は、手さげの紙袋いっぱいの本を渡した。

「ちゃんと復習するんだぞ」

と言うと、そのままキャッシャーに立ち去ろうとした。

「何も教えてくれないの？」

自分のプライベート・ティーチャーのはずなのに、授業がまったくないのは不本意だった。

「何か、わからないところでもあるのか？」

「今は、小学校の算数や中1の英語をやってるからないけど、教えてもらわないと先に進めないよ」

「読めばわかる本を選んできた。わからなくなってから聞け」

あまりのビジネスライクに、真紀はちょっと拍子抜けした。


それから3日ほどで小学校の算数を卒業した真紀は、五十嵐が買ってきた『小河《おごう》式プリント中学数学基礎編』をやり始めた。

やっと中学の勉強に入れたと、多少胸がうきうきした。

ところが、フタをあけてみると百ます計算や割り算のドリルに逆戻りである。

ただ、五十嵐の作った「予習より、繰り返しの復習」というカードを読み返して、「これしかない」と自分に言い聞かせた。

いつになったら、「大学受験勉強」ができるのだろう。

実際、漢字の練習と計算練習、そして中学英語のドリルは3回ずつの復習。とてもじゃないけど、受験生とはいえない。第一、これまで勉強をしたことのない真紀にとって、できるようになることだけが救いで面白みはまったくなかった。

「時給20万、時給20万」

おまじないのように真紀はつぶやき、五十嵐のカードをもう一度読み返した。

7

それでもさらに1週間経つと、ついに計算でない中学数学に入ることができた。

『高校入試30日間完全突破数学』と書かれたその本は、これまでと比べて問題数も多いし、ハイレベルの問題がいくつも出ている。確かに「まとめ」を読めばそこそこわかるのだが、20ページほどやっているうちに、解けない問題がいくつも出てきた。

30分くらい格闘すればできる問題もあるが、それでもできない問題もある。どうしよう。わからないよ。

何よりも、計算だけやっていたころと比べて格段にスピードが落ちる。こんなペースになったんじゃ、8月の高認試験になんてとても間に合わない。

「そうだ」

あのおじさんは、「わからなくなったら聞け」と言った。久しぶりに会ってみたいし、このままじゃだめだと文句も言える。

真紀は、携帯をとった。


翌日、バイトが終わると五十嵐はすぐに会ってくれた。

事情を話すと、開口一番。

「お前は、バカだ」

バカなのはわかっているはずだ。だから小学校の計算からやり直しているんじゃない。真紀は少しむっとした。

「バカなのわかってて、誘ったんじゃないの？」

「問題ができないのをバカと言ってるんじゃない。できもしないのに、時間を無駄にして、自分で解こうとするからバカだと言ってるんだ。今は問題が易しいから、できない問題でも、がんばって考えればできるようになるかもしれない。でもそのうち、できない問題はいくら考えたって、お前の今の頭じゃ、できないってことになる。そのときは答えを見ろ」

「それじゃ、カンニングじゃない？　自分でやんなきゃ力がつかないよ」

「そんなこと誰が言った？　そんなバカなことを信じているやつがたくさんいるからお前にチャンスがあるんだ。何度も言うが、問題集というのは、やることが目的ではない。そこに出ている問題ができるようになるためにやっているんだ。自分で解こうが答えを見ようが、やり方を頭に叩き込んでいるという点では同じなんだよ」

真紀は、まだなんとなく納得できなかった。勉強は好きではなかったが、意外にくそまじめなところがあった。

「そんなことだろうと思って、これを用意してきた」

また例のカードを出した。

〈受験の要領その３　数学は暗記である〉

「お前がそれだけ頑固になっているのも、昔は自分で解けたことがあったからだろう。でも、それはやり方を覚えていたから解けただけなんだ。たとえば、補助線を引いて解く図形の問題があったとしよう。それまで補助線を引く問題を一問もやったことがないのに、補助線を引けば解けると思いついたとしたら、そいつはよほどの数学の天才だ。実際、大昔は、歴史に残るような大数学者だってそれを思いつかないときもあったんだ。でも、何問か補助線を引いて解く問題をやったことがあれば、『この問題も補助線を引けば解けるかも』って思いつくだろ」

言われてみたら確かにそうだ。でも、なんか悔しい。

「答えを覚えろと言ってるんじゃない。やり方を覚えろと言ってるんだ。いろいろな問題のやり方を知っているということは、それだけ考える道具が多いってことなんだ。数学ができないというのは、たいていは計算ができないのか、考える道具が足りないのかのどちらかだ。お前、将棋やったことあるか」

「子供のころ出て行ったお父さんが、好きだった」

「将棋の強いやつは、駒の進め方だけを知っていて、頭がいいから勝つんじゃない。いろいろな勝負のパターンを知っているから勝てるんだ。知っているパターンが使える場面がくれば、それを使えばたいていの相手に勝てるし、普段の場面でも駒の進め方しか知らないやつより、これから先にどう勝負していこうというパターンをいくつも持っているから勝てる」

確かに昔お父さんは、なぜか将棋の本を一生懸命読んでいた。今の今までなんのために読んでいたのかわからなかったけど。

「数学を自分で解こうとするのは、よほどできるようになってからでいい。それまではとりあえず、やり方をたくさん覚えろ。これは高校範囲になってからはなおのことだ。自分で解いていたら30分かかる問題を、3分考えて解けなければ、2分で答えを見て、5分で覚えろ。そうすればほかの連中の3倍のスピードで問題集や参考書が進む。1ヶ月が3ヶ月に化けるんだ」

実は、真紀は計算はそこそこできても、数学ができるようになる自信はまったくなかった。でも、これならできるかもしれないという気がしてきた。

「ある意味で、お前はバカじゃない。できない問題にどのくらいしがみつくのか、見てやろうと思っていた。できないままじゃ進めないことに気づいて、その日のうちに俺を呼び出すなんて大したものだ」

実際は、五十嵐に会いたかったという動機のほうが大きかったのだが、黙っていることにしよう。それより勉強だと真紀は思った。

「答えをちゃんと見れば、しばらくはそうわからない問題はないはずだ。答えを見てもわからないときは、お前の問題ではなく、俺の問題だ。要は問題集の選び間違いってことだ」

「じゃ、しばらく会えないね」

「いや、まだまだお前に教えないといけない受験のテクニックは、たくさんある。高認の対策も、数学だけじゃない。来週、また来い」

来週の約束を取り付けて、真紀は少しほっとしていた。


この暗記数学は、五十嵐自身が、高校生時代に開発したテクニックである。

五十嵐は頭の回転は速かったが、新聞や左翼的な評論文や深夜放送が大好きだったために、そんなに勉強をするほうではなかった。だから、そうでなくても秀才揃《ぞろ》いなのに、勉強の大切さを知っている高学歴の親を持つ連中が多かった中学時代にどんどん抜かれていって、高校生になったころには、下から数えたほうがずっと早くなった。

しかし、高校2年生になって政治家という目標ができて、医学部を目指すようになってから、独自の勉強法を次々と開発していった。

その一つが暗記数学だった。

当時の灘高には、数学の鬼のような同級生が何人もいた。東大の入試レベルの問題を10分や20分で解いてしまうし、高校の数学の世界で最高レベルの難問揃いの、『大学への数学』という雑誌の巻末についている学力コンテストを全問制覇するようなツワモノが何人もいた。そしてそのレベルにまでいかなくても、大学入試レベルの問題集なら1問10分くらいでこなすという秀才が半分近くいた。

そういう点では五十嵐は、医学部を目指すには、かなり厳しい状況に置かれていた。彼らが10分で解ける問題に平均1時間かかっていたのだ。

のちに五十嵐が強調することだが、受験勉強というのは、やった時間よりやった量がものをいう。3時間勉強して3問しか進まなければ、1時間勉強して5問進む人間に勝てない。ものをいうのは3時間か1時間かでなく、3問か5問かだからだ。

はるかにレベルの低い問題をやっているとはいえ、今の真紀はその状態にあったわけだ。そして五十嵐の言うように、早めにそれに気づいて助けを求めにくるのは、見込みがある。多くの受験生は、ここで「頭が悪いから」と思って、諦めてしまうものだ。

ひょっとしたら今の真紀は、そういう点で当時の五十嵐より、「頭がいい」かもしれない。当時の五十嵐は、やり方を変えればできるようになると思っていたわけではない。このままじゃ、できるやつに勝てそうにないということからの苦肉の策だった。

実を言うと、暗記数学は、五十嵐の純然たる発明とはいえない。

当時の灘高は、鬼のように問題演習をやらせていた。『オリジナル』だの『スタンダード』だのといった、一見すると薄いが、大学入試レベルの問題が1ページに5問ほど出ている問題集を宿題に出された。ただ、宿題をやっているかどうかのチェックはノートの提出ではなく、毎回10人の生徒が指名されて、教室の前後にある黒板に解答を書かされるのである。

問題集の解答編には、解き方は一切書かれておらず、解答だけというあっさりとしたものだから、やってこないと解答の道筋が書けない。しかし実際にやってきている生徒は、クラスで20人ほどだった。大学入試レベルだから10題の宿題をやるのにも普通なら5時間くらいかかってしまう。ただ、速い子は1時間ちょっとでできてしまうし、遅い子は10時間以上かかるくらいに差がついていた。宿題をやってくるのは、くそまじめな生徒か、スピードが速くて苦にならない生徒たちだけだった。

なお、やってきた生徒のノートは、10人が指名されるとすぐにそちらのほうに回ってきた。だから、やってこなくても恥をかくことも教師に叱られることもなかった。

そうはいかないのが試験である。

中間試験や期末試験は、やった範囲から出されるのだが、スピードが要求される。

大学入試レベルの問題なのに、50分のテストで10題も出題されるのだ。

もちろん、宿題を普段やっていない五十嵐のような連中は、即座に赤点になるはずだった。

ところが、灘高が関西にあったことが幸いしたのか、秀才のノートをコピーして商売するやつが出てきた。あとは、その答えを覚えるのが試験対策というわけだ。

五十嵐は、開き直りは早かったし、暗記のほうも自信があった。秀才のノートのコピーが出回るようになって以来、低迷していた学校の数学の成績は常に満点になった。

でも、それは学校の試験だけの話だろう。模試は惨敗を覚悟していた。

ところが、模試を受けてみると、意外にできた。問題を見た時点で、これまで覚えてきた問題のどれかに似ているという感覚がつかめるようになったのだ。つまり、どうすれば解けるのかという方針が大体立つようになった。逆にできない問題はというと、これまできちんと答えを覚えてこなかった分野の問題だ。要するに秀才のノートが出回る前の範囲であった。

これだ。

五十嵐は気づいた。やり方をたくさん覚えていけば、受験数学は乗り切れる。そこから、学校の試験の範囲に限らず、チャート式などといわれる標準的な解答の道すじが詳しく載っている問題問題集を読み、解法を次々に覚えていくという戦術に変えた。問題を自力で解こうとせずに、すぐに答えを見るのだから、どんどん進んだ。

そしてみるみるうちに成績も上がっていった。

さて、五十嵐式暗記数学が、五十嵐にだけ当てはまるのか、ほかでも使えるものなのかの最初の実験台は木村だった。

実は、五十嵐の勉強法の多くの実験台は木村だった。五十嵐に逆らえない木村は、勉強のやり方まで言いなりになっていたのだ。

たとえばあるとき、五十嵐は勉強もゲーム感覚でやったほうが成績が上がると言い出した。だからお互いにテストを作ってきて、勝ったほうが昼飯をおごることにしようというルールを作った。きっかけは昼飯代を浮かすための方便だったのかもしれなかったが、五十嵐のほうは、木村ができない盲点を探すうちに試験の出題者の心理がわかるようになったし、木村も負け続けで悔しいから、前よりは勉強をするようになった。

結果的に、本当にお互いの成績が上がった。戦績は五十嵐の169勝1敗だったが、木村はこの賭けテストで1回勝てたことは今でも覚えているくらいの快挙だった。

さて、親が医者だった木村も医学部志望だったのに、数学が苦手だった。英語は小学生のときから家庭教師をつけてもらっていたのでそこそこできたし、国語も長年の塾通いの成果か、これも校内での成績は悪くなかった。

木村は、例の宿題のほうは親の監督の下、毎回10問やらされていた。もっとも時間切れで、いつも半分くらいしかできなかったので、残りは家庭教師に解いてもらっていた。当然、毎回宿題をやっていっているのに成績はちっとも伸びなかった。それでもノートのコピーが出回るまでは、ほかの生徒がやっていないのに自分はやっているから、クラスで真ん中よりは上のほうだったが、ノートが出回るようになると成績がごぼう抜きされるようになったのだ。

医学部を志望する以上、数学ができないのは致命的だった。五十嵐も前述のように高校2年くらいまで数学は低迷していた。お互い地方の医学部を覚悟していたし、そうなったら五十嵐の子分でなくて済むくらいに木村は考えていた。だから、受験のときくらいは五十嵐と違う学校を受けようと本音では考えていた。

ところが、数学の成績が上がった五十嵐に、「俺がテストしてやるからお前も答えを覚えろ」と言われて、五十嵐が指定する範囲の『チャート式数学』の解答を覚えさせられた。そして週1回のテストを受ける羽目になったのだ。

確かに木村の数学の成績も上がって、晴れてともに東大理Ⅲの現役合格を果たすのだが、毎週1000円の受験料をとられていたし、何より大学に入ってからも五十嵐のパシリになる羽目になったのは、これも前述の通りだ。

さて、真紀のほうは、答えをすぐに見ていいことになって、急に気が楽になった。計算も遅いほうではなくなっていたし、確かに答えを読めば、わからない問題などほとんどなかった。まだまだ中学レベルだということで、答えを覚えるのにそう時間もかからなかった。

英語にしても、五十嵐の用意してくれた『くもんの中学英文法』は解説がわかりやすいし、いっしょに解いていくように指示された『リピート・プリント』は問題も多かったから、できるようになるのが実感できる。

あと2週間もあれば中学が卒業できる。昔、あんなにいやだった勉強が、2回目、3回目と繰り返していくと、答え合わせのときに段々丸が増えていくのが嬉しい。でも、どうしてこんなにわかりやすい参考書や問題集がいっぱい出ているのに、誰も教えてくれなかったんだろう？

過去を取り戻せばいいんだと自分に言い聞かせた。取り戻せない人がいっぱいいる中で、自分はラッキーなのだと。

ただ、過去が取り返せない科目もあった。

あのおじさんは、国語なんて科目は日本語なんだから、基礎はいらない。いきなり高認の問題集から入れと言った。問題集を解いているうちに、マークシートの問題なんだから勘がつかめてくると。

でも、あたしにはそんなことない。

実際、問題文を読んでも何が書いてあるのかよくわからなかった。

真紀は本というものを読んだことがなかった。父親や祖母がいるうちは、新聞もとっていたし、週刊誌も買ってあった。でも今、母親が買ってくるのは、どうせ買えもしないような服が並んでいるだけのファッション誌ばかりだ。真紀には読む気がしないし、読むところもほとんどない。

だから高認の問題集をやっていても、2ページも3ページもある難しい文章を読まないといけないのに、何が書いてあるかわからなくて、すぐにいやになってしまう。問題を解いていても、勘がつかめるどころか、よけいわからなくなってしまう。第一、制限時間を大幅にオーバーしてしまう。できそうなのは、練習させられている漢字くらいだが、これにしても今やっているのは中学受験用のドリルなので、高認の問題ではいつも1、2問しかできない。

これでは、絶対に8月なんか間に合わないよ。

来週会う前に、ちょっと文句を言おう。

真紀は携帯を取り上げた。


「やっぱりそうか」

電話口に出た五十嵐は、超高層マンションのペントハウスでワインを傾けながらそう答えた。

「今回は、俺のほうの手落ちだ。何とかする」

珍しく五十嵐が非を認めたので、電話越しの真紀は多少拍子抜けしたようだったが、明るい声に戻って、すぐに電話を切った。

ペトリウスの75年。五十嵐のもっともお気に入りのワインの一つだ。

もうどれだけワインが飲めるか予想はつかない。

五十嵐の家にある2台のワインセラーだけでも、300本の銘醸ワインが眠っていた。あと1年半でこれが飲みきれるかもわからない。

小宮には、死ぬ間際までふだんと変わらない生活が送れると言われたが、場所が場所だけに、最後の何ヶ月かは食事はとれなくなる可能性が大きい。そのとき、ワインくらいは飲めるのだろうか？　口当たりくらいは楽しめるのだろうか？

新しい人生の仕事が見つかってから、あのタレントの彼女を呼ぶのもやめていた。向こうのほうも、CMが一本決まって、多少は忙しくなってきたようだ。ときおり遊びや服を買うためのお金の無心の電話があるが、デートをする気になれずに振り込みで済ませていた。

一人で気に入ったワインを飲むのも悪くない。五十嵐は、最近そう思うようになっていた。

残りの人生で、飲める限りの美酒を楽しもう。一人で飲むときは、よけいな邪念も入らないし、舌も鼻も研ぎ澄まされる。この年のペトリウスのブラックチェリーのような上品な甘さは、五十嵐を癒してくれるものがあったが、滑らかな舌触りやばらのような香りは、これまで気づかなかった新発見のように五十嵐には思えた。

確かにおいしい食事とおいしいワインは、女性を口説く武器になるが、今はハンターとは違う。農耕民族のように、大事な作物を育てる楽しみを味わえるようになったのだ。狩りの場合はミスをすれば次の獲物を待てばいいが、作物の場合は、育ちそこないがあればその年の収穫がふいになってしまう。

自分のミスに気づいた五十嵐は、せっかくのとっておきのワインをオットマンの脇に置き、仕事場に入った。

　ワインは寝る前まで開かせておこう。

　自分にそう言い聞かせた。幸い、まだそれほど酔いは回っていない。そして、今はやらなければならないことがある。


　実際、五十嵐としても甘いところがあったと反省をしていた。あらかじめ国語は小学校5年生レベルと踏んでいたのに、高校の教科書レベルの文章を読むくらいならできるだろうという考えは明らかに楽観のしすぎだ。

　受験というのは、あまりに悲観的になってもいけないものだが、楽観しすぎたり、ちょっとした油断があると合格できない。合格最低点をクリアできれば合格できる、というのが五十嵐の口癖だったが、逆にいうと、それに1点でも足りなければ1年浪人しなければならない。とくに補欠をとらない東大入試の場合は、それが厳格に適用されてしまう。

　最近東大は合否を問わず成績開示を行っているが、五十嵐のゼミナールからの受験生で落ちる生徒は、数点差ということが多い。強気で傲慢《ごうまん》な五十嵐も、数点差で落ちる連中には悪いことをしたと感じていた。もちろん試験は水物だが、もう少しつめをきちんとやっていたら、合格させることができたと考えると、五十嵐自身が悔しかったのだ。

今回は、五十嵐のほうの事情でやはり失敗の許されない試験だけに、真紀の学力の読み間違いは致命傷になる。早くに気づいてよかったというのが率直な気持ちだった。

五十嵐自身、国語は得意なほうではなかったし、国語の指導だけは絶対の自信を持っているわけではなかった。国語の苦手な受験生には、覚えることを覚えてしまったら、あとはある程度法則性がつかめる古文や漢文で点をとって、現代文を捨てるくらいの受験計画を立てろと指導していたくらいだ。

五十嵐のゼミナールの場合、多くの受講生は五十嵐の本を読んで応募してくるので、まともに本を読めない生徒はそう多くなかったが、五十嵐自身、とんでもなく日本語ができない子供が増えていることは予期していた。商売の勘の鋭い五十嵐は、そろそろ、その対策もしないといけないと考えていたのだ。

実際、日本の子供の学力低下が叫ばれて久しいが、いちばん深刻なのは数学以上に国語である。確かに1999年くらいから、日本の中学生の数学力は、各種国際調査で東アジアのほかの国に勝ったことがない。自称・愛国者の五十嵐は、そこに苛立《いらだ》ちを感じていた。マスコミからインタビューを受ける際は、自分の受験教育の正当性を訴えるためにも、そこは必ず問題にしてきた。

しかし最近のデータを見る限り、もっと深刻なのは国語力の低下だ。OECDのPISAと呼ばれる中学卒業生を対象とした国際学力調査では、日本の子供の読解力は、2003年、2006年と続けて国際平均点を割り込んでいる。確かに数学もアジアで最低だが、どうにか10位には入っている。しかし、国語のほうは参加57か国中の平均を割り込んでいる始末だ。読み書きのできない人のいない国というのは、日本では幻想になりつつある。

五十嵐のゼミナールにしても、東大受験生が集まるのに、『少年ジャンプ』を平気で読んでいる生徒がいる。想定読者が小学生であり、せりふのすべての漢字に読み仮名が振ってある少年漫画雑誌である。ネットなどで調べてみると、読者の平均年齢はすでに17歳にもなっているそうだ。

要するに、小中学生でジャンプを読む人間は、インテリと言っていい。それだけアニメやゲームが普及して、マンガであっても活字に触れるだけましというのが現状なのだ。

真紀もその一人だった。それをどうして想定できなかったのだろう?

生活力があって、話ぶりに大人びたところがあったから油断してしまったのか?

最後の勝負にこんなことではいけない。

五十嵐は、中学1年生の国語の教科書を取り出すと、それを見ながらPCに向かい始めた。

「これが多分、最初で最後の俺のお手製テキストだ」

「何、これ?」

ワープロで打たれた、その紙の束には、さまざまな日本語の熟語や慣用句に、かなりわかりやすく書かれたその意味が書かれていた。さらにご丁寧なことに読み仮名まで振ってあった。

「要するに、国語の問題の文章が読めないということは、それだけ言葉を知らないということだろ。さすがに文法がわからなくて、読めないということはないはずだ。日本語は話し言葉と書き言葉がほとんど変わらない文法だから、少なくとも意味くらいはとれる。要するにお前が、それだけ本も新聞もぜんぜん読んでこなかったということだ。本当なら、辞書をきちんと引いてほしいところだが、どうせお前のことだから読み方もわからないんだろう。だから、辞書も漢和辞典を引かないといけない。それだと時間がかかりすぎるのは、俺もよくわかる。だからとりあえず、高校レベルに追いつく程度の日本語の単語集を俺が作ってやった。面倒だったが、今の子供たちがお前と同じような日本語力しかなくなっているのに、なぜかこの手の本が市販で作られていないんだ」

「これをどうするの？」

「国語の問題集をやる前に、全部覚えろ」

「げっ」

と言いながら、真紀は嬉しかった。読み仮名を読めば聞いたことのある言葉のほうが多いくらいだが、漢字のままだと読めない言葉がほとんどだった。これだけ知らない日本語があるのは驚きだったが、これを覚えれば、一気に国語の長文問題が読めるような気がしてきた。それ以上に、このおじさんが、自分のためだけにわざわざこんなプリントを作ってくれるのがもっと嬉しかった。

最後に五十嵐は、

「これも持っていけ」

とまたカードを手渡してくれた。

〈受験の要領その４　国語は言葉を知ることから始めろ〉

そうこうするうちに、高校卒業程度認定試験の日がやってきた。

これまで、まったく基礎のない真紀に、五十嵐は魔法のように次々と、真紀でもわかる参考書や問題集を用意してくれた。五十嵐が作ってくれた日本語単語・熟語集を覚えたあと、『高1からの出口現代文講義の実況中継』という本をもらったのだが、それを読んだあとに高認の問題集をやってみると、びっくりするほどできた。

高認で1題出題される古文対策に渡された、『超基礎国語塾　マドンナ古文』は、イラストの書かれた本だが、難しいと思っていた古文がわかるようになった。高認の問題はレベルが低いので、十分解けそうだ。

英語も中学レベルを『くもんの中学英文法』と『リピート・プリント』できちんとマスターしておいたので、『基礎徹底　そこが知りたい英文法』につなげていって、高認で出そうな英文法問題はどうにかとれるめどがたった。

もちろん、暗記数学で数Ⅰ・Aまでは、ほとんどの範囲の基本問題の解法を覚えたし、高認の問題は基礎の基礎レベルなので、これもいけそうだ。

カードももう15枚も貯まった。だいぶ、受験ってものがわかってきた気もしてきた。

そんな形で、主要科目は大体めどがついていたのだが、地歴や公民といった科目、あるいは化学や地学のような科目になかなか手が回らない。時間との戦いに失敗した気がした。なのに、このまま試験に突入だ。どうしよう。

8

高認の試験会場は、一橋大学だった。キャンパスのある国立駅までは中央線で一本だったが、真紀は降りたことがない。

改札を出ると五十嵐が待っていた。

夏の暑い盛りだったが、駅から大学まで連なる並木通りの緑は美しく、風が心地よく、緊張しきっている真紀も、少し気持ちが落ち着く気がした。

5、6分歩くともう大学の正門だった。

「第一回高等学校卒業程度認定試験」と書かれた看板を見ると、また急に怖くなってしまった。高校の入試は内申書もあったし、初めから受かるのは決まっていた。中学生のときには、模擬試験どころではないくらい家庭が荒れていたので、これが生まれて初めての大きな試験なのだ。

もちろん、五十嵐も真紀の緊張は読み取っていた。

「高認というのは、ある点数がとれれば必ず合格できるテストだ。落とすためのテストでなく、受からせるためのテストなんだ。落ち着いてやれ」

「落とすなんて縁起悪い」

「落ちるって言ってるんじゃない」

「今、言った」

「試験というのは、縁起で受かったり落ちたりするもんじゃない。実力で決まるものだ。お前がこれまでやってきたことが、きちんとできれば大丈夫だ」

もう開き直るしかないと真紀は思った。

「行ってくる」

顔をひきつらせて五十嵐に手を振って、会場のほうに真紀は消えていった。


試験は二日かかった。

感触は真紀の読み通りだった。主要科目と現代社会は何とかとれたが、やはり世界史、地理と地学、化学などは間に合わなかった。

二日目の終わりに五十嵐は、大学の校門の前で待っていた。

5時半だが、この季節ではまだ明るい。

「疲れたか？」

「ずっとテストだったから」

「じゃ、乗れ」

五十嵐は車に真紀を乗せた。

どこに連れて行かれるのかわからないが、かなりの距離のドライブだった。

中央高速から首都高に乗り、新宿を越えても車は走り続けた。

車は環状線から池袋線に入り、さらに王子線を抜けて、鹿浜橋《しかはまばし》というインターチェンジで降りた。ただ、日曜日で渋滞もなかったので、実際には1時間もかからなかった。

小さな商店街から駐車場に入り、そこで降りると目の前には行列ができている。

そのにおいと、開け放たれた入り口から道路のほうまで流れ出てくる煙とで、焼肉屋だということは真紀にもわかった。

そう、ここが小渕元首相も並んで食べたことで知られる伝説の焼肉店、『スタミナ苑』である。

グルメを自称する五十嵐も、ここにはよく顔を出していた。月に1度くらい無性に肉が食べたくなると、部下を連れてやってくるのだ。

おいしい肉にワインが合わせられないのは残念だったが、それを補うにあまりあるほど、肉はおいしかった。ただ、がんを宣告されてからは足が遠のいていた。

でも今日は、真紀を元気付けてやりたかった。若いのだから肉がいちばんだろう。

30分ほど待つとやっと順番が回ってきた。

いつも運転手に連れてこられていたので酒のことは気にしていなかったが、今日は自分の運転である。

今となっては名声を失っても痛くないから捕まってもよかったのだが、そうなればまだまだ新聞や週刊誌のネタにはされかねない。一緒に乗っていたのが若い女ということになれば、あらぬ誤解だって受けるだろう。いずれにせよ、このプロジェクトの邪魔にはなる。

そう思って、今日は珍しく、五十嵐もサイダーを頼んだ。

「体でも悪いの?」

店主に聞かれると、

「今日は、自分で運転してきたんだ」

と笑った。

しかし、今日の食事会は、完全な慰労会というわけではなかった。

その前にプロジェクトを少しでも進めておかないといけない。

「どうだった」

「多分、無理。英数国と現代社会は何とかなったけど、ほかはやっぱり間に合わなかった」

「上出来じゃないか？」

「あと何ヶ月、高認の勉強しなきゃいけないの？」

「もう卒業だ」

「次の試験は受けなくていいの？　合格していないのに」

「高認というのは、一度に全部合格する必要はない。お前の読みどおり4科目合格なら、残りの4科目は大学の願書を出す前に受かればいいのさ。いつ受けさせてもよかったんだが、先に主要科目の基礎固めをさせておきたかった。残りの理科や歴史はセンター試験の対策と並行してできる。だから、それほどハードな宿題を出さなかったんだ。4科目合格なら計画通りだ」

「本当？」

真紀は、一気に元気を取り戻した。

「高認試験というのは、高校を卒業したのと同じ資格が得られる試験だ。高校を卒業しなきゃ、受験勉強が始まらないのなら、現役で入る生徒は誰もいなくなるだろ？」

「はい」

いつも以上に、素直に五十嵐の話が聞けた。

「ただし、ある程度以上の英数国の基礎がないと受験勉強は始められない。いくら易しめに書かれた参考書や問題集でも、高校生向けのものは、中学レベルの内容で穴があるとやはりできないようになっているんだ」

ここで、真紀にはジュース、五十嵐にはサイダーが運ばれ、さらに肉も運ばれてきた。

真紀は、それまでは五十嵐の話を真剣に聞いていたが、今は肉に目が釘付けになっていた。実は父親が焼肉好きで、父親がいたころには、月に1度は焼肉を食べに行っていた。そして、それが真紀がいちばん幸せを感じる瞬間だった。

五十嵐も父親と同じように、軽妙な手さばきで鉄板に見事な霜降りになったカルビを並べていた。

「ところでお前、どこ受けるか決めたか？」

「東大じゃないの？　高認できなかったから、どこかに変えないといけないの？」

大学の名前をろくに知らない真紀でも、さすがに東大は知っていた。だから、東大に行けるのを夢のように思っていたし、この不思議なおじさんについていけば、それがかないそうな気がした。五十嵐のこの言葉に、真紀は現実に引き戻された気がした。

「そうじゃなくて、東大でも文学部もあれば医学部もある。どこに行きたいかを聞いているんだ」

「そう言われても、将来のことなんか考えたことないし」

「法律を勉強して、弁護士や裁判官になる道もあるし、いちばん金持ちになれそうなのは、経済を勉強して外資系金融にでも行くことだ。初年度から年収６００万円というところもあるし、ビジネス・スクールにでも留学すれば年収１０００万円を超すだろう。仕事ができれば年収1億円というのはざらだ」

途中から、言っていることがほとんどわからなくなった。この間もらったプリントには金融というのはあったけど、ガイシケイというのはなかった。年収６００万円というのは、６００万円も1年にもらえるということなのだろうか、1億円というのは本当？　いずれにせよ、金持ちというのは魅力的な言葉だった。

「そこに行けば、お肉がいっぱい食べられるようになるってこと？」

「毎日でも大丈夫さ」

「じゃ、そこにする」

「文科Ⅱ類ということだな？」

「何、それ？」

「東大は、入ったときには教養学部というところに入る形になる。そこで2年間、いろいろな教養の勉強をしてから、法学部や経済学部、医学部に進学するんだ。だから、入るときには実は学部は決まっていない。ただ、文科Ⅰ類はほとんどが法学部に進学する。文科Ⅱ類は経済学部、文科Ⅲ類は文学部や教育学部に進学する」

実際問題、五十嵐は理系のほうが指導は得意だった。ただ、この娘の金持ちになりたいという無邪気な願望をかなえてあげることを思うと、理系では単純に読めないことが多い実情もよくわかっていた。

確かにこれからの時代、研究者がアメリカのように高額報酬を得られるようになるかもしれない。でも、アメリカでも、金融をやっている人たちのほうがはるかに大金をつかんでいる。いちばん金になりそうなのは医学部だが、東大の理科Ⅲ類の場合、大学に残る人が大半なので、これも金に無縁になりがちだということは五十嵐自身がよくわかっていた。

ひるがえって真紀の学力をかんがみると、文科Ⅱ類ならすべりこませることはできても、理科Ⅲ類はばくちだった。ここは、自分の最後の仕事を成功させるためにも、文科Ⅱ類を勧めるのが得策だと五十嵐は思った。

「とにかく、文科Ⅱ類が金持ちになるにはいちばん近道だろう。それに法学部に進む文科I類と比べて、合格最低点が15点は低い。お前にはそれだけ近いことになる」

肉が食べごろになっていた。真紀は今日が慰労会なので、五十嵐は昔の父親がやってくれたように自分に肉をくれるものと思っていた。しかし五十嵐は、それをさっさと平らげた。

わざと聞こえるように、「ちぇ」と真紀は舌打ちをした。

「自分のことは自分でする。頼る必要のないことまで頼るな。そうでないと受験では勝ち残れないぞ」

五十嵐は、そんな言葉を口にしながら、自分がこれから1年かそこらでいなくなることを思い返した。受験の日まで間に合わない可能性も高い。それまでにこの娘が一人で生きられるようにしてやらなければならないと思った。

そして、五十嵐は紙袋から一枚の大きな巻紙を取り出した。

それは、これから1年半分の英・数・国・理・社の5科目の各々について、どの参考書や問題集をいつやればいいかという受験計画表だった。さらに五十嵐は赤いサインペンを渡した。

「一つ一つの参考書が終わったら、このペンで消していけ。これを全部埋めることができれば、東大合格だ」

五十嵐は例のカードも手裏剣のように投げた。

〈受験の要領その16　受験勉強は積み木でなく、ぬり絵である〉

「これまでは、お前が真っ白な状態だから、高認対策の形で基礎を作ってきた。だが、これからは基礎をやって、標準をやって、最後に入試レベルなどという愚かな積み上げは必要ない。答えを読んでわかるのなら、入試レベルの問題のやり方をどんどん覚えたほうが賢いのは当然のことだ。ぬり絵のつもりで、この計画表を埋めろ」

あまりの綿密な内容に、真紀は圧倒されていた。

「理科は地学、社会はセンターでは政経と世界史、二次では世界史と地理をとることにする」

「化学、やっとわかってきたのに」

「センターの化学と、高認の化学では覚えることの負担が違いすぎる。その点、地学はやることが他の理科系科目と比べて異常に少ない。この2冊で十分だ」

『安藤センター地学Ⅰ講義の実況中継』と『マーク式基礎問題集27地学Ⅰ』を袋から五十嵐は取り出した。

「これで8割は行く。文Ⅱならセンターは8割5分とれれば十分だから、地学は80点でいい。これは2ヶ月で終わるから、今はやらなくていい」

「ずるしてるみたい」

「要領と言え。センターの目標点は、英語と数学はおのおの185点、国語は155点、世界史が85点で、政経が75点、そして地学はさっき言ったように80点だ。これで765点、ちょうど8割5分だ。これ以上の点をとろうと、欲はかかなくていいぞ。地学にしろ政経にしろ、8割くらいまではけっこう楽にとれるようになるが、それ以上になると急に面倒くさくなる。時間をかけた割に点が伸びない。2ヶ月で8割まで伸ばせても、9割とろうと思うとさらに2ヶ月も勉強しなければならなくなる」

もう一枚カードが飛んできた。

〈受験の要領その17　受験勉強は常に時間と得点のコスト・パフォーマンスを考えろ〉

「受験勉強は、かけた時間分だけ点がとれたやつが受かるし、時間をかけた割に点につながらないやつが落ちる。だから完全主義者の連中は、勝手に落ちて行く」

「カンゼンシュギシャ？」

真紀はイメージがわかないわけではないが、五十嵐の言いたいことがつかめていなかった。

「要するに満点狙いのバカのことだ。8割から9割まで2ヶ月かかるとしたら、それを満点にしようとすると、さらに半年かかってしまう。それだけやっても満点とれる保証はない。どんな入学試験でも、満点なんてとれなくたって合格できる。合格点をとりゃいいんだ。それも合計点でだ。苦手科目があって、それが合格点に達しなくても、得意科目で埋められれば合格する」

五十嵐は、さまざまな受験勉強法を開発していたが、最大の発明はこの合計点主義、合格点主義だと考えていた。だからこそ、いろいろなタイプの受験生に、それぞれの能力特性に合わせて受験計画を作成し、逆転合格を可能にしてきた。

もちろん、五十嵐にしても受験生のころは、得意科目と苦手科目があった。例の暗記数学で数学の点は飛躍的に上がったし、英語もそこそこ点はとれた。高校生の初めごろまで半ば世をすねる気持ちから、東大を諦めて留学をしようと思っていたこともあって、一時は英語ばかり勉強していたのだ。結局英語も数学も東大理Ⅲの合格レベルはクリアした。

ただ、国語がいけなかった。

当時は今のようにわかりやすい古文の解説書はなかったし、小説を読むのが嫌いな五十嵐には、国語の心情読解の問題がさっぱりできなかった。模試でも国語の偏差値は50を少し超えるくらいだったし、東大型の模試を受けたときは80点満点で12点ということもあった。

しかし、そのとき五十嵐は意外に冷静だった。国語が12点でも理科I類だとA判定になっていることに気づいたのだ。

合計点で勝負すればいい。

当時、東大は合格者の最低点を公表していなかったが、予備校や灘の先輩の推定では、440点満点中290点が理IIIのボーダーだった。それを知った五十嵐は、国語の目標点を15点とした。漢文を15点満点で11点、漢字で4点、どんなに悪くてもこれだけはとれる。あとは、英語と数学と理科で280点とれれば295点になる。

理科も、苦手の物理を暗記数学と同じ解法暗記でクリアした五十嵐にとって、それは国語の点数を上げるよりもはるかに現実味のある数字だった。フランス語で100点をとって、合計点で理IIIをクリアしようとした小宮とはまったく逆の戦術だが、発想の根本は同じである。意気投合したのは、そこが妙に一致したからだ。

逆に、木村のほうは厳しい親に育てられたせいか、なかなか満点主義から抜け出せなかった。

細かい暗記に時間をとられて、いつも時間に追われていたのに、成績のほうは中の上でうろうろしていた。宿題も家庭教師の力を借りながらも全部まじめに解こうとしていたのだ。数学の解法暗記のテクニックを伝えたが、そんなこんなで時間が足りない木村は、なかなか成績が上がってこない。

業を煮やした五十嵐が、合計点主義の指導をした。時間のかけすぎを叱りつけ、適当なところで切り上げろと厳命したのだ。木村は半信半疑だったが、五十嵐には逆らえない。でも、結果的にはそのほうがよかった。最後の模試ではD判定だった木村が、逆転合格で東大理Ⅲに滑り込めたのだから。


この娘のほうが当時の木村より、俺の話の呑《の》み込みがよさそうだ。

五十嵐は肉にむさぼりつく無邪気な真紀を見てそう思った。

「今日からが本当の受験勉強だ。ゴールは東大の問題で、4科目で合格最低点の250点をクリアすることだ。そのためだけに勉強すればいい。それさえできれば、あとは何をしていてもいい。今日は思い切り食っておけ」

言われなくても真紀は驚くような食欲で肉を平らげていった。

最後に五十嵐は、もう一枚のカードを渡した。

〈受験の要領その18　受験勉強は志望校を決めた日に始まる。志望校の問題と合格最低点がわからなければ、何をやるかも決まらない〉

「文Ⅱに決めたんだから、そのためだけに勉強しろ」

五十嵐もサイダーで焼肉を食べ始めた。多少は食道のがんが大きくなっているのか、何か胸に肉がつかえる気がした。


その夜、真紀は夢を見ているかのような幸せな気分で家まで送ってもらった。生まれてこの方初めて食べるようなおいしい肉でおなかが一杯になっていたし、東大に入るのも本当なんだという気がしてきた。

部屋に入るとすぐに、五十嵐からもらった計画表を机の前の壁に貼った。計算用紙にしようと思ってとっておいた先月のカレンダーの裏に、マジックで「東大合格」と書いてみた。そしてベッドの脇の壁にそれも貼り付けた。

気分はすっかり受験モードである。

英語の今月の課題は『即解英文解釈39の法則』だ。

五十嵐からもらったその参考書をピラピラとめくってみると、冒頭から英文読解の基本姿勢というのが書いてある。これから本格的に英文を読んでいくのだと思うと胸が高鳴った。これまでの高認対策とは違う手ごたえを感じたのだ。

玄関で物音がする。千枝子が帰ってきたようだ。

千枝子はどういうわけか、今日はそのまま真紀の部屋に入ってきた。

即座に服に染み付いた焼肉のにおいに気がついたようだ。

「焼肉食べてきたの？　いいわね」

真紀は素直に返事をする気になれずに黙っていた。

「あの男に奢《おご》ってもらったの？」

真紀は頷《うなず》いた。

「ちょっとお願いがあって来たのよ」

千枝子が、五十嵐が借金の肩代わりをしたのに気づいたのは、1ヶ月ほど前だった。急に催促が来なくなったのを変だと思っていたが、さすがに不気味になって、自分から電話をしたのだった。借金取りのほうも愛想がよかった。この女に貸しても、例の金づるが返してくれるとでも思ったのだろう。

ただ、千枝子はあの男からは、もう借りたくなかった。粘着質の取立ては、さすがに身を落としているとはいえ、それなりのお嬢さん育ちだった千枝子には耐えられなかったのだ。

「何？」

「あの男に頼んで20万ほど用意してほしいの」

「むしろ、おじさんにはタダで、勉強を教えてもらっているのよ。お金なんて頼めないよ」

もちろん、真紀は五十嵐が母親の借金を用立てていることなど知らなかった。

千枝子には、理解できなかった。若い子を狙っているにしても、何の関係もなくて80万もの金を出すだろうか？　どんどん貢げば落ちるとでも思っているのだろうか？

ならば、娘にそのテクニックを教える必要がある。

「ほしいものがあるとか言って、ちょっとおねだりしてみたら」

「そんなんじゃないの。実は、あたし、高校卒業したのと同じ資格がもらえる試験を受けたの。それで大学受けようと思って」

「は？」

後ろを振り返ると、さっき真紀が貼り付けたばかりの「東大合格」の貼り紙があった。

あまりの能天気さに、自分の娘ながらここまで世間知らずに育てたのかと、千枝子には笑いがこみあげてきた。

しかし、追い討ちをかけるように真紀はきっぱりと言った。

「あたし、勉強をして人生変えようって決めたの」

さすがに千枝子は笑い出してしまった。

もちろん真紀は大真面目だった。

「なんで笑うの？」

「ありえないこと考えてるんじゃないわよ」

ありえないことなんかじゃない！　真紀は千枝子をにらみ返した。

「あんたね。せっかくこんだけかわいく産んであげたんだから、もう少し頭使ったらどうなの？」

真紀は二の句が継げなかった。

「その男は、ゲームのつもりで面白がっているかもしれないけど、あんたのダメさ加減に気づいて、そのうちいやになっていくわよ。それか、あんたを弄ぼうとしているだけよ。傷つくのが落ちね」

千枝子は、お金にならなかったイライラもあって、

「私は食べてないんだから、ちゃんと何か作ってよ」

と言い放って出て行った。

確かに今はいい感じだが、思い通りに伸びなかったら、やはりあの五十嵐という男にあたしは捨てられるのだろうか？

そうは思いたくなかったが、いまだに五十嵐がなぜこんなにしてくれるのかがわからない真紀には、その疑念をぬぐうことができなかった。

次の面会のときに真紀は五十嵐に思い切って聞いてみた。

「授業料はいくらですか？」

実は、真紀は、ほんの少し前に五十嵐が受験の世界ではプロ中のプロの講師だということを知った。受験生という自覚を持つ前は、五十嵐に言われるままに勉強をしていたのだが、受験を意識して、自分から受験参考書のコーナーに行き、合格体験記や勉強法の本を見ていたら、『五十嵐透の東大合格最短ルール』という本を見つけ出したのだ。１２００円は真紀にとって大きな出費だったが、思わず買ってしまった。そこには日ごろ五十嵐が話してくれる受験テクニックが列挙されていた。

なぜあたしがこの先生に教えてもらえるのだろう。

実験台なのだろうか？

うまくいかなければ、お母さんに言われたように本当に捨てられてしまうのだろうか？

いろいろな不安が募ってきた。それ以上に、忙しいはずのこの「先生」がなんでいつも自分が電話をかけると出るのかも不思議だった。

いくらかでも、授業料を払えば、次も必ず来てくれるかもしれない。

ない知恵を絞った結論はそんなものだった。

「なんのことだ？」

真紀はなんと答えていいかわからず、黙って五十嵐の著書を差し出した。

ついにばれたかという気持ちと、真紀が自分で参考書を見に行ったという成長への喜びが五十嵐の心の中で錯綜《さくそう》していた。

すると、真紀が財布から500円玉を差し出してきた。

「あたしの精一杯」

おそらくそれは本音だろう。

「少ないけど、一回の授業料、これでいいですか？」

「わかっていると思うけど、俺はお前と違って金は余っている。金も時間も有効に使うことだ。受験というのは、それなりに金はかかる。俺が買ってきた以外にも、これは自分のものになりそうだと思った本があれば、今回のように買ったほうがいいだろう。模試にだって何千円もかかるんだ」

「約束してほしいんです。この500円でおじさんが次に来てくれる約束を」

「そんなのもらわなくても、言われたときに来るよ」

真紀の目は本気だった。そこまで自分が求められていることは嬉しかった。お金をもらわなくても来るというのは本当だが、逆に受験の何ヶ月か前にお金をもらっても来られなくなる日が来る。約束という言葉がひっかかった。五十嵐は傲慢な男だったが嘘《うそ》をつくのは苦手だったのだ。

真紀の目がどんどん懇願するようになってきた。

とにかく約束を守れるように少しでも生き続けるしかない。

五十嵐はその500円玉を受け取った。

真紀はほっとしたように微笑《ほほえ》んだ。

9

五十嵐が小宮からがんの宣告を受けて1年。

2006年の4月が来た。

3月の合格発表のときもミチター・ゼミナールには顔を出さなかったが、何の感慨もなかった。今では、すっかり真紀のプライベート・ティーチャーになってしまっている。木村も自分でやれているのだろう。向こうから電話をかけてくることもないし、メールもなかった。印刷された年賀状が一通送られてきただけだった。

夜、遅くなったときに何度か真紀を送っていったが、一度だけ例の借金取りに会ったことがある。そのときは持ち合わせが30万ほどしかなかったが全部くれてやった。

それ以外は、大過のない平和な半年だった。

そして、今五十嵐は東大病院の放射線科の待合室にいた。

1週間ほど前に受けたPET－CTの結果を聞きに来ていたのだ。

「調子はどうだ？」

「それが、不思議といいんだ。体重が落ちていくのを除くとがんじゃないみたいだ」

「それはよかった。ただ、検査の結果のほうは、この通りだ」

モニターにはＰＥＴ－ＣＴのカラー画像が映し出されていた。胸椎《きようつい》の部分が赤くなっている。

「第３胸椎の辺りに転移が見つかった。これから痛みが出るかもしれない。苦しむ必要はないから、早めに言えよ。お前の仕事のためだ」

「俺が我慢するような男でないことはお前がいちばん知っているはずだ」

「今の仕事が何かは知らないが、陰ながら応援してるよ」


それから２ヶ月ほど経った６月のある日、五十嵐は真紀から呼び出された。

確かにあれから１週間もしないうちに痛みがきた。

それからはパシーフという一日１回飲めばいい経口のモルヒネ製剤の世話になっているのだが、確かに痛みは嘘のように消えた。

これならしばらく乗り切れそうだと五十嵐も納得した。

幸い、今のところ最少量の30㎎で済んでいる。

真紀が呼び出したのは、夏期講習についての相談に乗ってほしいということだった。

いつの間にかすっかり受験生になった真紀の成長は五十嵐も嬉しかったが、ここは一つ、受験の基本的な心構えを教えないといけない。

真紀はいくつもの予備校の夏期講習案内をかき集めたものを五十嵐に見せた。

「お金がないので、5つくらいしかとれないので、選んでもらおうと思って。でも、東大論述ゼミというのは、はずせないでしょ?」

「お前、俺と知り合ってもう1年以上になるよな?」

「うん」

「少しは賢くなれよ」

また、五十嵐はカードを渡した。

〈受験の要領その35　他人に流されるな。自分をいちばん知っているのは自分〉

「確かに、東大の論述対策は必要だろう。だが、それは各々の科目にある程度めどがついてからの話だ。ベースもないのに論述対策をしても時間の無駄だ。あとは、何をとりたいんだ」

「東大英語必勝ゼミ、数学力強化応用ゼミ、世界史基礎講座は、どうしてもとりたい」

「東大の過去問はやったことあるのか？」

「まだ、そこまでいってないから、ゼミをとりたいの」

「じゃ、何が弱いかわからないじゃないか？」

真紀は何を言われているのかよくわからなかった。英語も数学も世界史も自信がないから講習を受けたいのだ。

「東大英語といったって、自由英作文が苦手なのか、要約問題が苦手なのか、総合問題で点がとれないのかで対策が違うだろ？　逆にいえば、1週間や2週間の講習でその全部が網羅できるわけがないだろ。計画表どおりに英語をやってみて、一度、東大の過去問にあたって、何が弱いかがわかってから、それ専門の講習に行くのならわかるよ。だが、東大英語という言葉にひっかかるようじゃ、受験生としてはアマチュアもいいところだ」

「おじさんと違って受験のプロじゃないから」

「いいか、受験というのは、受けるほうがプロだ。予備校の講師が、今東大受けて受かると思うか？　確かに英語の講師は、英語なら満点に近い点をとるかもしれない。だが、合計点で東大には届かないだろう。俺だって、どんな勉強をすれば東大に入れるかは読めるが、問題を自分で解くことからは遠ざかっているし、覚えるべきことだって随分忘れている。今、受けて受かるかどうかはわからないよ。コーチが試合に出ても勝てないのと同じことだ。受験の本当の意味のプロは受験生自身なんだ。そして、プロになれないバカ受験生が落ちて行くのさ」

「じゃ、苦手の数学は？」

「まだ、解法を覚えきっていないだけの話だ。受験計画表で、どこまで進んだ？」

「『チェックアンドリピート』の数学ⅠAはもうすぐ終わるよ」

「答えを読んで理解できないのか」

「答えを読めば大体わかるけど。関数がちょっと」

「わからない範囲はそれに合わせて俺がわかりやすい参考書を探してやる。弱点補強の講座に通うのは、それでもわからなかったときだ」

「ありがとう」

「だから当然、世界史の基礎講座も受ける必要がない。文系科目の基礎はあくまで基礎知識だ。予備校の講座は覚えるものを覚えて、論述ができないときに、その対策に使えばいい」

　真紀は、ただ頷くだけだった。

「これで随分金と時間が浮いたはずだ。それでしっかり勉強しろ」

五十嵐の言葉に妙に安心した真紀は、それから再び受験計画表にしたがって、急ピッチで勉強を進めていた。

ただ、1週間ほどして、また急に不安が襲ってきた。

予備校や学校に行っていない受験生にとっていちばん不安なことは、自分の実力がどの程度かつかめないことである。

確かに五十嵐に言われた宿題はやっているつもりだ。一応、復習もしている。参考書や問題集の選び方がいいせいか、わからなくて躓くことはほとんどないし、五十嵐に聞けば、たいていい教えてもらえる。

しかし、だからといって、本当にできるようになっているのかはわからない。

模擬試験というものがあるはずなのに、あのおじさんは、それを受けろと言わないのだ。

もう受験まで8ヶ月、センターまでなら7ヶ月しかないのに。

どうしておじさんは模試を受けろと言わないのだろう。

携帯を取り出そうとすると、千枝子が部屋に入ってきた。

「いいバイトがあるけど、やらない？　私のいきつけのスナックで女の子が一人やめたの。あんたもあとちょっとで18でしょ。ちょっとの間だけ歳をごまかしときゃ、すぐに大っぴらにできるようになるわよ」

「勉強があるから、夜はいや」

「まだ、そんなバカなことやってるの？　一晩で1万にもなるのよ。ちょっとは稼いだらどうなの？」

「受験がうまくいったら、1時間で20万になるって」

また千枝子は笑い出した。

「宝くじのような話でなくて、地道に稼がないと一生みじめなままよ。私の行っている店は、あれでも客層がいいの。いい男だって見つかるかもしれないわ。それとも、まだあの男とつきあってるの？」

「ずっと勉強を教えてもらってる」

「でも、お金にはなりそうにないわね」

実際は、さらに30万円、五十嵐が用立てていたのだが、直接の金づるとしてはあまり使えそうもないと千枝子は思っていた。

「18歳になったら、普通の人は働く歳なんだから、家にお金を入れてもらいますから。よく考えておくことね」

千枝子は捨て台詞を吐いて去っていった。

そうでなくても不安なのに、お金のことを考えるともっと気が重くなった。

「そんなことだろうと思ってたよ。まだ少し早いと思ったが、来週はセンター模試を受けろ。あとは、8月の東大型模試までは受けなくていい」

「この記述式模試というのは？　東大って記述式なんでしょ」

真紀は用意した模試一覧の中で気になる模試をペンで示した。

「傾向の違う問題をやっても、東大に入るための力がついているかの目安にはならない。配点も出題パターンも東大と違うのに、順位や合格可能性を見てあてになると思うか？　東大に特化した勉強をしているのに、『標準化された』問題ばかりの模試を受けても点数はとれないのはわかりきっている。だったら、悪い点をとって落ち込むだけ損だ。時間がないんだから、どこの学校にでも入れる学力をつける必要はないんだ。東大の問題が解ければいい。ただし、センターは着実に点がほしい。今どのくらい仕上がっているかは見る価値がある」

「でも、まだやってない科目が多いよ」

「英数国の点だけを見ろ。そして目標に何点足りないかをチェックするんだ。あと、まだ、マークシートを書き込む練習をしていないだろ?」

「確かに」

五十嵐は今日は数枚のカードを渡した。

「今度が初めての模試だろ、しっかり読んでおけ」


真紀は、図書館で勉強をしていた。

だんだん暑い季節になってきたので、せまくるしい自分の部屋が蒸し暑いこともあったが、それ以上に、母親の邪魔が煩わしかった。下手をすると無理やりに、そのスナックに連れて行かれるかもしれない。


現に千枝子はそのころ、イライラしながら真紀の帰りを待っていた。実は、そのスナックのマスターから5万円すでに前金をもらっていたのだ。何とか連れて行かないと、しばらくはそのスナックに行けない。もう灰皿には真っ赤な口紅のついたタバコが10本以上たまっていた。

五十嵐のほうはというと、いつものようにワインを片手に、出前の寿司《すし》をとって食べていた。今日のワインはコント・ラフォンという作り手のムルソー・グット・ドールの2000年。彼の好きな白ワインの一つだったが、寿司が胸につかえる。多分、通過障害が始まったのだろう。

よくよく考えると、あれから1年3ヶ月経っている。あと3ヶ月の命と思うと、まだめどがたたない現状に多少の苛立ちを感じた。

おそらくは受かるだろうが、確信が持てるようになってから死にたい。

次の模試と、8月の2回の東大模試あたりが最後のチェックポイントになるだろう。

五十嵐らしくもない焦りだった。

勉強の区切りがついたところで、真紀は五十嵐のカードの束を読んでみることにした。

〈受験の要領その36　試験では最初の問題から解くな。できる問題を探して、それから手をつけろ〉

〈受験の要領その37　試験前にヤマを張れ。ただし、自分が重要と思うところより、

試験官の立場になって出したそうな部分を集中的に攻略しろ〉
〈受験の要領その38　カンニング・ペーパーを作るつもりでまとめを作れ。暗記すべき重要なポイントが見えてくる〉
〈受験の要領その39　マークシート問題では、10問終わるごとにマークシートの解答用紙に解答を書き写せ〉
〈受験の要領その40　模試は終わってからが重要。解答を全部復習して、できなかったところは理解して必ず覚えろ〉

黙読していると真紀もだんだん試験モードに入っていくのを実感した。

しかし、それは長く続かなかった。

図書館は9時に閉まってしまう。そのあとは、家で勉強をしないといけない。

荷物をまとめて家に帰ると案の定、千枝子が待ち受けていた。

「遅かったじゃない」

「図書館で勉強してたの」

「今日から仕事だって言ったはずでしょ」

「断ったつもりだったけど」

「あんたがきちんと返事をしないから、向こうはあてにしてるんだよ。まだこれからなら間に合うから、ちゃんと謝りな」

いつのまにそんな話になっていたのかと真紀はあきれたが、おそらく行かないままでは済むまい。結局、千枝子に連れられるままに中野のスナック『ノーブル』に連れて行かれた。

すでに受験勉強を始めて1年以上になる真紀にはnobleの意味はとっくの昔からわかっていたので、名前と現実のギャップに笑いそうになってしまった。

客二人くらいに女性スタッフが一人くらいと、スナックの割に女性が多い店ということで、それなりにはやってはいた。千枝子もいい気になって飲んでいた。

思った通り、酔っ払いの相手をさせられた。

おじさんたちの歌う歌はほとんど歌えなかったが、無理にデュエットまでさせられたのだ。そして、知らないうちに胸やお尻に手をやってくる。そのおじさんたちのにおいも、男性ものの安っぽい整髪料のにおい。たばこ臭い口のにおい、そして時間が遅くなるにつれて酒臭くなる。飲めないことや未成年であることを伝えても、無理に酒を勧める客がいて、結局、2時前に一度トイレで吐いてしまった。

ただ、運のいいことに千枝子がいつものようにソファーで飲んだくれて、寝こけてくれた。店が終わって後かたづけをしている際、寝ている千枝子を横目に、真紀はマスターに事情を話して今日でやめることを伝えた。

強い引き止めにあったので、18歳になっていないことを話した。それでも引き止めようとするので、お酒を勧められたときに、18歳になっていないことを2、3人の客に話したと嘘を言った。女子校生売春の店のドライバーからの入れ知恵を覚えていたのは役にたった。噂になると店に迷惑がかかることを心配しているとマスターに話すと、マスターも少し考えた上で、やめることを認めてくれた。

ただし、母親に前渡しした5万円を返してほしいと言われた。

やっぱりそうか。

交渉の結果、今日の給料を引いた4万2000円で話がついた。一日1万円というのは嘘だった。でも、時給1500円で6時間つけてくれた。税金を引いてということで8000円になった。

明日、払いにきますと伝えて千枝子を介抱しながら帰ることにした。

交通費は1000円だけくれたが、タクシー代の2800円も痛かった。千枝子は毎日こんな生活をしているのだろうか？


センター模試の結果は可もなく、不可もなくといったところだった。

英国のできはまあまあだった。

英語は170点とれた。この時期としてはいいだろう。

国語も、今回は思ったよりとれた。150点なので目標点より5点低いだけだ。

数学は、まだ数ⅡBをほとんどやっていないことが響いて、115点だった。

地学は最後でいいとおじさんから言われたが、高認に早く合格しようと思ってやっておいたので、本当に80点近く取れた。

ただし、政経と世界史はぼろぼろといっていい状態だ。

合わせて50点もとれなかった。やってないからしょうがないと自分に言い聞かせた。

五十嵐に伝えると、上出来という反応だった。

なんでも、模試のほうが本番より問題が難しいのだと。

あとは、8月の東大模試だ。そこまで、もう少し、数学と世界史を頑張ろう。

9月の初め、五十嵐は今日も東大放射線科の待合室にいた。

そろそろ1年半だ。今日は小宮にあとどのくらい生きられそうかを確認しないといけない。今の真紀の仕上がりでは、あと4ヶ月、センターの前くらいまでは自分が生きていないと合格は読めない。確かに予定通り、参考書や問題集は進んでいるようだ。でも、今死んだら、真紀の勉強が乱れてしまうだろう。逆転合格、独学勉強というものは、心の支えがなければ難しいものだ。

「もう1年半だよな」

五十嵐は単刀直入に言った。

半年前から比べると、モルヒネは倍に増えていた。食道の通過障害もライナック治療で潰してもらっていた。確かに体はそれほどつらくないが、確実にがんは進展しているはずだ。

「その割に体は楽なんだが、これはモルヒネで麻痺《まひ》してるってことなのか？」

「そうばかりじゃないだろ」

「今日は、お前には率直なところを聞きたい。あとどれだけ生きられる」

「仕事がまだ残っているということか？」

「そうだ。でも、1年半が期限なら、時間が足りない」

「お前の仕事にあとどのくらいの時間が必要なのかはわからないが、すぐということはないだろう。緩和医療のおかげで苦しんでないせいかもしれないし、生きがいができて免疫機能が上がっているせいかもしれない。がんの進行が遅れているんだろう。あと、3、4ヶ月は大丈夫だと思う」

もちろん、とりつくろっても始まらないと五十嵐はわかっていた。

「あと、半年何とかしてほしいんだ」

「あとは、お前の生命力次第だな」

五十嵐は、これまでの人生の中で、自分のことを生命力の強い雑草のような人間だと思ってきていた。しかし最近は多少、その自信が揺らいできているのも確かだった。

真紀のほうも少し焦っていた。

あの仕事はやめることができたが千枝子は怒り狂った。

そして、7月の頭に18の誕生日が来ると、祝ってくれるどころか、もう大人になったんだから生活費を入れろと言われる始末だった。そして、これからは水商売ならいくらでもできるんだから、いつでも紹介してやると嫌味を言われた。

結局、月々4万円で折り合った。これまでもなんやかんや理由をつけてバイト代から2万くらいはとられていたので、このくらいは仕方ないと思ったが、夏期講習は行かないとしても、直前講習は行くことになるだろう。模試代、受験料などいろいろ考えると15万円くらい貯金をしておかなければいけないが、この間の4万2000円が響いて残金10万を切ってしまった。その上、毎月2万も出費が増えるとは。

結局、11月まではバイトを2時間増やすことにした。忙しい時期のせいか、人手不足のせいか、すんなりと認めてもらえた。一日1500円で、3万円は収入が増える。でも、この時期に勉強時間を2時間削るのは正直痛い。図書館にいることのできる時間が丸々2時間減るのだから。

そんなある日、真紀が家に戻ると例のごとく千枝子はいない。ただ、部屋の様子が何か変だ。勝手に千枝子が入ってきたのだろう。

ふと、悪い予感がした。

机の引き出しを開けて見ると、ぐちゃぐちゃに散らかっていた。お札だけは、何冊かのノートの間に分けて上手に隠したつもりだったのに、どのノートも見事に封筒だけが残ってお札が消えていた。10万円。

ここまですることはないのに。

真紀は情けなくなった。

飲んだくれていることも、男に呼び出されては出て行っていることも知っていた。でも、自分はもてるから男がいくらでも出してくれると酔うたびに自慢していたから、お金のことはさして心配していなかった。生活保護は受けているけど、それも母親の才覚だとさえ思っていた。

あの借金取りに払ったのだろうか？

でも、それにしても許せない。実の娘相手とはいえ、どろぼうはどろぼうではないか？

時計の針は3時を過ぎていた。でも、あの事件のせいで眠れない。

店の前に車が停まる音がする。慌てて窓をあけて下を見ると、タクシーからもう一人の男が降りてきた。男はまだ若い。暗がりで顔はわからないが、服装を見る限り、まだ30いってないように見えた。べろべろに酔った自分の母親がその男に抱きかかえられて降りてくるのを見るのもいい気持ちがしなかったが、抱きかかえられた母親が、その男に抱きついてキスまでしようとしたに至っては見ていられなかった。

真紀は窓をしめた。

あの男に貢いでいるのか？

あんな男のために、私の大事な10万円が。

ほどなく、玄関があく音がした。千枝子は一人だった。上がっていけと言ったのかもしれないが、男のほうで断ったのだろう。

真紀は、階段を下りて、母を迎えた。というか、今日こそははっきり言うべきことを言おうと思ったのだ。

「お帰り」

いつも寝ているはずの真紀が起きている。そして怖い顔でにらんでいる。ぐでんぐでんではあったが、身に覚えがある千枝子は、少し酔いがさめた。気分が悪そうにして、わざとよろよろしながら流しに水を飲みに行った。水を飲む母親の背中に、真紀は声を振り絞って言った。

「お金どうしたの?」

「な・ん・の・こ・と」

酔った声で、母親はすっとぼけた。

「大学受験のための大事なお金なの」

「ふーん。じゃ、もう要らないお金じゃない」

真紀には何が言いたいのかわからなかった。また、自分をどこかの店に売り飛ばす気なのか?

千枝子のほうは、隣の部屋のたんすの引き出しをあけて封筒を取り出した。駿台の大きな封筒だ。模試の採点結果だということはすぐわかった。

「ブンカ2ルイ、判定E、合格可能性20％未満、全般的に学力不足です……これって最低ってことよね。無理ってことじゃない？」

真紀には返す言葉がなかった。

追い討ちのように千枝子は言った。

「あんた、もっと楽して稼げるわよ……。また、いい店紹介してあげようか」

あまりの情けなさに真紀は涙が止まらなかった。


翌日、真紀は五十嵐を呼び出した。

「やめる理由は」

「もうバカバカしくなったの」

「あと半年で終わる話じゃないか」

「面白かったよ……今までサンキュー」

まだオーダーもとっていないのに、真紀は席を立った。理由は話したくなかったし、五十嵐が引き止めるのもわかっていた。

でも、やはり自分には無理なんだ。受験をする人とは住む世界が違うんだ。余計な未練はやめよう。

そのまま席を立ち去ろうとする真紀の肩を五十嵐はしっかりつかんでいた。

「ワンコイン置いていけ」

それは、次の授業の約束金というルールのはずである。やめるのならば払わなくていいことは五十嵐にもわかっていた。でも、こちらとしては「次、またやるぞ」という意思をはっきり伝えたかった。

真紀は五十嵐を悲しませたくなかったが、きっぱりと諦めてもらうために、ぼろぼろになった模試の結果のシートを五十嵐に手渡した。

すぐに事情を察して、五十嵐はそれに目を通した。

どうせ、E判定でもとってすねているのだろう。案の定、E判定だ。

でも、これは五十嵐には織り込み済みのことだった。

東大入試の日までに、合計点で合格最低点のクリアを目指す五十嵐式の勉強法では、中間過程の模試の成績は、当然悪く出る。

実際、ミチター・ゼミナールでは現役生の場合、この時点ならD判定でも当たり前のように合格したし、E判定でも合格することは珍しくなかった。

だから、例年このくらいの成績で十分合格していると、過去のデータを見せれば簡単に説得できた。

よくよく考えれば、D判定というのは合格可能性20％から40％のことだ。D判定をとっても3人に一人は合格できるのである。実力の伸びきった浪人生がこれからそう伸びないのを勘案すると、現役生の合格可能性は大体6割くらいになるはずだ。ましてや、東大に絞った逆転合格戦術を行うミチター・ゼミナールの生徒であれば、今の時期にD判定がとれれば合格圏だと、保証してやることができた。そして実際その通りになった。

しかし、E判定の場合はちょっと条件が違う。

箸にも棒にもかからない0点近くの生徒（東大模試の場合は問題が難しいので、記念受験をするとそういうことが実際に起こってしまう）も、合格可能性が20％をちょっと切ったレベルの生徒も、同じE判定がついてしまう。前者の場合は、さすがに志望校を変えさせないとこの時期からは追いつけない。後者であれば、現役生の場合、実際の合格可能性は4割は行く。つまり四分六の状態なのだ。

問題は、その中間にいる連中だ。あと、どのくらいの点がとれるのかを見極めて、やめるか続けるかを決めさせる必要がある。そこを見抜くことにかけては、五十嵐には自信があった。東大が無理そうな子供も、地方の医学部や、最悪でも3科目受験の早慶に上手に押し込むことができたから、今の名声が維持されているのである。

ただ、受験というのはメンタルな要素の強いものだ。

多くの受験生はD判定やE判定をとるとがっくり落ち込む。

D判定の生徒の場合、実際は十分な学力があるので、東北大学や名古屋大学に志望を変えれば合格可能性がずっと高くなることもあって、志望を変える子は少なくない。

E判定をとると、さすがにへこむ。

そのまま私立に志望を切り替えたり、メンタル的に立ち直れなくて、翌春の受験の失敗に直結したりする受験生は跡を絶たない。

逆に言えば、メンタル面が強かったり、それをサポートする人がいるだけでも、D判定はC判定に、E判定はD判定くらいに化けることができる。

ミチタ－・ゼミナールの過去資料がなくても、ここは自分が防波堤にならなければならない。今が踏ん張りどころだと五十嵐は思った。

「やるじゃないか」

「なんて書いてあるか読めないの？」

「どうせEっていう記号しか見てないんだろ？」

　確かにそうだ。でも、Eが最低の成績だということくらいわかっているはずなのに、それ以上何があるというのだ。

「模試の結果で重要なのは、今、何点とれているかだ。合格可能性が１００％だって何の意味がある。それは単なる予想だ。試験の結果を決めるのは、模試の成績ではなくて、本番でとれた点数だ。今、何点とれていて、あと何点伸ばせば合格できるかを見るために模試を受けるのであって、何ヶ月も先の結果のあてものをやるために受けるんじゃない」

　五十嵐は、各科目の得点欄のほうを指で示した。

　英語は１２０点満点で48点、数学は80点満点で18点、国語は１２０点満点で47点、世界史は60点満点で21点、地理は60点満点で12点だった。

「今回のA判定基準は２２６点。お前の知っているように文科Ⅱ類だと２５０点ないと合格できないから、A判定の受験生だって、これから伸びなければ、今の点のままでは落ちることになる。逆に言うと、お前の場合は、それに80点足りなかっただけだ。英語は、自由英作文の対策だけで15点はとれるようになる。リスニング対策もまだちゃんとやっていないよな？　東大はリスニングだけで30点も出る。あと15点はとれるだろう」

次に五十嵐は文法・語法の得点欄を指し示す。

「ここの問題はちゃんとやっているからそれなりにできているじゃないか？　ただ、長文の読みがまだ遅いし、甘いだけだ。今後、読解系統の総合問題や和訳とかの問題は確実にとれるようになるはずだ。英語だけで、少なくともあと35点は上乗せ可能だ。数学はまだ数ⅡＢの解法暗記が終わっていないだけのことだ。18点でも大したものだ。解法暗記が終われば2問完答は固い。ほかの問題で小問を拾えば、あと25点アップにはなるだろう。国語は、まだ論述の仕方をトレーニングしていないのに、この成績はまずまずだ。古文はまだ確実に伸びる。現代文の上乗せは最低10点、古文の上乗せも10点以上は行く。漢文を見ろ、言ったとおりにやったからちゃんととれてるじゃないか。国語のアップを20点と見て、これで合計80点のアップ。Ａ判定の連中に追いつける。社会科の上乗せがあれば２５０点は楽にクリアできるのもわかるだろ」

言いたいことはよくわかる。確かに本当に合格できるかもしれない。でも、あたしはもう無理なんだ。勉強を続けていける幸せな身分の人たちとは違う。

真紀の涙は止まらなかった。

「なぜ泣くんだ？」

「でも、やっぱり無理」

「お前は、絶対受かる」

「受験勉強が続けられたらでしょ?」

おそらく、家庭の問題なのだと五十嵐はやっと悟った。

「お父さんは、女の人と暮らしているし、お母さんは仕事もしないで遊びまわっているし、あたしにも夜働けと言うの」

ここで、「俺のところに来い」と言いたいところだったが、自分の朽ち果てて行く姿を見せたくはない。

「でも、あたしの親なの……」

五十嵐は懸命に次の言葉を探していた。

さらに真紀は追い討ちをかけた。

「今までもいっぱい諦めてきたから大丈夫」

五十嵐は、むしろ真紀に懇願するように、囁《ささや》いた。

「それじゃ、困る」

真紀は驚いたように、五十嵐を見返した。

「それじゃ、困るんだよ」

きょとんとする真紀に五十嵐は言った。

「とにかく、ついて来い」

五十嵐は真紀の腕をつかむとそのまま車まで連れ出した。

そして車を走らせた。


ついたところは、根津のふるぼけたアパートだった。

二階の一室の前に立ち止まると、ドアに「入学随時　希望とやる気のある者全員歓迎　ミチター・ゼミナール」と手書きで書かれた看板代わりの紙が貼られていた。

五十嵐はドアをあけ、真紀を中に通した。

五十嵐に似つかわしくない、汚らしい部屋には、安物の折りたたみ机とパイプいすが並べられていて、奥にはホワイトボードが置いてあった。

「俺はお前ほどではないが、貧乏な家で育った。だから、這い上がるために医学部に入ったんだ。親からの仕送りなんかなかったから、死ぬ思いで家庭教師もやった。東大理科Ⅲ類のご印籠《いんろう》があれば、いくらでも金が入った。実際、次々に東大や医学部に受からせたからな」

五十嵐が金持ちの子でないことは多少真紀には意外だったが、今の話は真紀にはほとんど、どうでもいい話だった。

「ただ、ふと、それが嫌になった。金持ちの子や私立の一貫校に通っている連中を受からせることがな。それが結果的に、俺のような、あるいはお前のような境遇の人間のチャンスを奪っていることに気づいたんだ」

　真紀は五十嵐の言葉に多少はっとするところがあった。

「それで、ここで仲間と塾を始めた。私立の中高一貫校なんかに行っていないような、いろんな境遇の、やる気だけは人一倍っていうガキを集めて、やり方を変えれば、人生変えられるってことを教える塾さ。仲間の連中も俺と同じことを考えてたから、みんな頑張ったさ」

　真紀は黙って聞き入っていた。

「二年目でやっと4人東大に受かったよ。まだ高校生なのに人生諦めかけてた、公立に通っている貧乏な連中を入れたんだ。そのときには、仲間と泣いたよ。ところが、それをどこからかマスコミが聞きつけて、いろんなところで俺たちはヒーローさ。それで塾は大繁盛したんだが、俺のほうはすっかり天狗《てんぐ》になってしまった。金はいくらでも手に入るようになったが、それをさらに追い求めてしまった。離れていった仲間もバカにしか思えなかった」

　確かにそうだった。こんなことがなければ、五十嵐は宇佐美のことはまったく忘れていたし、小宮のことですら、内心小ばかにしているところがあった。

「でもな」

真紀と五十嵐の目が合った。五十嵐の目が潤んでいるように見える。

「お前と出会って、思い出したんだ。諦める人生なんて、誰にも歩ませないって誓ったことを」

真紀がその部屋を見渡すと、4人の生徒の名前に4つのバラの花がまだ貼ってあった。

「3万5280円の節約だね」

「え」

「いつものロビーラウンジ、コーヒー一杯700円もするじゃない。二人で消費税を合わせて1470円。毎月4回、勉強を教えてもらうとすると、これから6ヶ月で3万5280円。これからは、ここで教えて」

「こんなかび臭いところでか？」

「でも、おじさんの大切な場所」

真紀は、500円玉を差し出した。

五十嵐はしっかりとそれを受け取った。

「その代わり、あたし、これからここに泊まっていい？」

真紀は、母親から逃げ出すことを決めたのだ。

五十嵐は少しきょとんとした。

幸い、ガスも電気も止めていなかった。10年以上使っていない電気ストーブもあった。ミニキッチンで簡単な料理もできそうだ。

「冬は寒いぞ！　風邪、ひくなよ」

「あたし、おじさんが考えているよりずっと強いのよ。家賃は出世払いね」

五十嵐は、幸せそうな顔で笑った。


その夜、図書館が終わってから自宅に電話をすると、予想通り千枝子は留守だった。

五十嵐は、真紀の夜逃げを手伝う羽目になった。重い荷物が持てなくなったのを実感したが、宅配便の仕分けのバイトをしている真紀が思ったより力持ちなのに舌をまいた。

10

汚い部屋だが、静かな場所だったこともあって、真紀の勉強は思ったよりはかどった。とくに、『入試精選問題集1構文把握のプラチカ』『連続即解英語長文』『英作文のストラテジー』など、計画表に出ている東大英語の出題傾向に適合した参考書をやっていくうち、みるみる英語に自信がついてきた。古文の仕上げは『得点奪取古文記述対策』『らくらくマスター・古典常識』だったが、これも終わった。着々と東大レベルに近づいてきた。真紀はそう自分に言い聞かせたし、それは十分に信じるに足るように思えた。

アパートの2軒隣の部屋には、真紀と同い歳くらいの男の子が住んでいた。ちょっと今っぽくない男の子だったが、「the University of Tokyo」のトレーナーを着ていた。きっと東大生なのだろう。

真紀にとって初めて見る東大生だったが、そんなに自分と違う感じがしなくて、ほっとした。

お金持ちじゃなさそうだし、地方出身のようだけど、がんばって入った人がいることが真紀の励みになった。

実際は、それから1週間もしないうちに大量の東大生を見ることになった。

五十嵐が、真紀を散歩に誘ったのだ。

この根津のアパートは東大から歩いて10分もかからなかった。

二人は、裏の弥生門というところから東大に入り、病院の最上階の『レストラン精養軒』でコーヒーを飲んだ。下にわずかに東大の広大なキャンパスが見える。

「あの方向に少し見えるのが、お前の行く学校だ。ここからは見えないが、向こうの方向に安田講堂がある」

「ヤスダコウドウ?」

かつて学生運動のメッカだったその建物の名前も真紀は聞いたことがなかった。

「東大に入れば、あそこで身体検査をするんだ」

大学生が入ったときに、みんなで身体検査をするという話が何かおかしかった。

真紀が笑うと、五十嵐は言った。

「下りていって、好きに歩いて来い。ここのキャンパスは、どこを歩いても自由だ。東大生がどんな顔をしているか、よーく見てこい」

真紀は、もうひとり見ちゃったとも言わないで、五十嵐を誘ったが、五十嵐は断った。

「知っての通り、俺は東大生にはかなり顔が割れている。よけいな勘繰りをされるのは、俺にとってもお前にとってもいいことじゃないだろう」

それ以上に、最近は、あまり長い距離を歩く自信もなくなってきていた。それだけ東大のキャンパスは広いのだ。こんな元気な若い娘と歩く体力はもうなくなっている。それが五十嵐には少し切なかった。

ゆっくりコーヒーを飲んだあと、新聞を読んでいるうちにいつの間にか転寝をしたようだ。真紀に肩を叩かれた五十嵐が時計を見ると、4時になっていた。1時間くらい経っているだろうか。

とても嬉しそうに東大のキャンパスがすごく広くて立派なことや、思ったより東大生たちがかっこよかったことを話す真紀に五十嵐は言った。

「じゃ、来週、駒場祭というのがある。東大の学園祭だ。さっきも言ったように、俺は行けないが、一度行ってみるといい。渋谷から井の頭線に乗って、2駅目の駒場東大前という駅を降りたら、誰でもわかる場所にある。いろんな東大の学生がお前に声をかけてくれるかもしれないぞ。模擬店といって、屋台のような店がいっぱい出ているから、小遣いもいっぱい持っていったほうがいいぞ。ついでに、トイレの場所とかもよく調べておけ。文系の試験会場は、この本郷キャンパスでなく、その駒場のほうのキャンパスだ。下見をかねて行ってこい。それと、これを見ておけ。学園祭が終われば、センター対策に専念する必要があるからな」

最後の言葉は、半分聞いていなかった。確かに東大の学園祭なんて面白そうだ。模擬店の焼きそばやたこ焼きも食べてみたい。少しくらいお金と時間の散財をしても、行ってみたいと真紀は思った。が、手渡されたカードに、

〈受験の要領その58　センターは最後の2ヶ月が勝負。この時期にセンター対策に専念して、理社の記憶量アップとマーク問題の解き慣れを図れ〉

とあったのを見て、自分が受験生だったのを思い出した。

真紀が駒場祭で、大学の学園祭というものを生まれて初めて満喫したあと、センター対策に専念し始めたころ、五十嵐は、東大の放射線科でライナックという放射線治療を受けるために通院を続けていた。

最後の日に五十嵐は小宮に呼ばれた。

あと3、4ヶ月と言われてちょうど3ヶ月目だった。

「骨転移のほうはライナックで多少潰しておいた。ステロイドも増やしたけど、そろそろきつくないか？」

もうそろそろホスピスの準備を考えているのか？

五十嵐にはそう聞こえた。だとすれば、あと1ヶ月ということなのか？

「そろそろ、ホスピスってわけか？」

「今すぐとは考えていない」

「それは信じていいんだよな？　小宮、お前は、がんの名医かもしれないが、嘘を教えていたようだから？」

小宮には何のことか思い当たらなかった。

「充実した最期のときを送れれば、穏やかな笑顔で死んでいけるって言ったよな？……お前、経験していないだろ……よけい、怖いよ」

こんな場面に慣れているはずの小宮もさすがに言葉を返せなかった。これまでの患者と違って、昔からの仲間だから本音をぶつけてきたのだろうか？　少し胸中つらいものを感じた。

「なんてな」

冗談で言ったのだろうか？　小宮の困った顔に気づいたのだろうか？　ただ、にやりと笑い返す五十嵐の顔には昔の生気はなくなっていた。


そのころ真紀は、センター試験の過去問をひたすら解いていた。

数学の解法暗記が『大学への数学　1対1対応の演習』まで終わったこともあって、センターレベルの問題はおおむねできるようになってきた。あとは、もう少しスピードをつけたいところだ。

基礎力をそれほどつけていない真紀は、比較的易しい問題をてきぱきと処理する能力が劣っていた。東大の二次の問題は半分できればいいので、解法パターンの暗記をうまく応用すれば、時間は十分足りる算段がたつし、東大の本番の場合は4問に1時間40分もかけられる。しかしセンターでは、それとは違う能力が要求されている。実際、時間内にすべて終わらない年のほうが多い。

国語は、五十嵐の指示通り『演習編　きめる！センター試験』のシリーズをやってから過去問を解き続け、かなり解答センスに自信を持てるようになった。主要科目はけっこう自信がついてきたし、地学も言われた通りやってきたおかげで、8割は確保できそうだったが、世界史、政経の出遅れに少し焦っていた。英語も発音問題などの取りこぼしが多く、長文読解のスピード力がまだ足りない。

焦りはしたが、これだけは守っていることがある。

〈受験の要領その60　睡眠不足は受験の大敵。12時までには寝て、7時間睡眠を確保せよ〉

12月24日、世間ではクリスマス・イブとされるこの日も、真紀はいつものようにバイトから帰ると、センターの過去問に取り組み始めた。センターまであと1ヶ月を切った。間に合わせなきゃ。

真紀も、多少はクリスマス・イブを意識することはあるが、祖母が死んで以来、プレゼントをもらったこともなければ、夕方のご馳走《ちそう》もなかった。よく考えたら雄太も、クリスマスは自宅のパーティのほうを優先していた。バイトを始めてから、コンビニで買った小さなケーキを一人で食べることだけが楽しみだったが、今年はそんなことを考える余裕もなかった。

五十嵐は、逆に最後のクリスマス・イブを意識していた。去年も真紀を誘おうかと思ったが、あの時期は、詰め込めるだけ詰め込みたかった。心を鬼にして勉強に打ち込ませた。

今年も、センターで760点の壁を超えさせることを考えれば、確かに半日であっても
もったいないというのもわかっていた。

けれど五十嵐自身、今日まで生きられるとは思っていなかった。実際、食事もあまりのどを通らなくなってきていた。最後に、自分が行くようなレストランなどまったく経験がないであろう真紀に、夢を見せてやりたい気分でもあった。

どうせ、最後だ。生きていないという理由でのキャンセルなら文句も言われまいということで、2ヶ月も前に、この日のために三つもレストランの予約をしていた。フレンチは、例の『ロオジエ』。イタリアンは、銀座の『エノテカ・ピンキオーリ』。そして、和食は麻布十番の『かどわき』である。

すべて、死ぬ前に最後に行きたい店として、五十嵐がチェックした店だ。イブの夜であれば、半年前でないと予約のとれないような店ばかりだが、五十嵐が通い詰めていたこともあって、どうにか席がキープできた。もう残り少ない命だ。2軒のドタキャンされる店には悪いが、許してもらおう。

真紀の喜ぶ顔を想像していて、ふと我に返った。真紀には、着て行く服がない。喜

ぶどころか恥をかかせたり、ドレス・コードで追い返されることだってありえる。

時計を見るとまだ5時だった。

とにかく服を確保しよう。五十嵐はタクシーを慌てて拾った。


五十嵐が根津のアパートを訪ねたとき、真紀は、疲れがたまっていたのか、転寝をしていた。

真紀は背中を叩かれると、慌てて振り返った。

「おじさん、何？　そのかっこう」

五十嵐は最後の晩餐《ばんさん》にブラック・タイの衣装で決めることにしたのだ。ガラ・ディナーのつもりだった。

「お前も、これを着ろ」

五十嵐は、買ってきたばかりのデパートの紙袋から、真っ赤なドレスと白いコートを取り出した。

真紀は目を丸くした。父親がいたころはまだ子供だったし、こんな素敵な服は見たことも着たこともなかった。

「すげぇ」

思わず声を漏らした。

「今日は、クリスマス・イブだ。フレンチでもイタリアンでもお前の食いたいところに連れてってやる」

「センター1ヶ月前だよ。そんな気分じゃない」

「受験の要領その30を覚えているか」

「勉強のしすぎは効率を落とす。ときに心身を休めて、効率維持を心がけよ、でしょ」

「じゃ、今日はそのためのリフレッシュに使え。受験生は、ずっと机に向かっているから、体は大して疲れない。寝ているより、自分が本当に楽しいと思えることをするほうが、よほど心の疲れをとるんだ。どうせこの1、2ヶ月、何も楽しいことなんかしてないだろ」

言われてみると、確かにそうだった。

「だから今日は、お前の望みを優先させてやる。フレンチ、イタリアン、和食、何でもOKだ」

「じゃ、遊園地に連れてって」

本当はディズニーランドに行きたかった。父親に一度だけ連れて行ってもらったことがあった。でも、今の時間からでは少し遠いのもわかっていた。

「遊園地……ですか？」

五十嵐はさすがにあてが外れて、ほんの少しがっかりした。

「小学生のときから、ずっと行っていないの。思い切り楽しませてくれるなら、遊園地がいい」

真紀はもちろん、おいしいフレンチもイタリアンも、どんなに幸せな気分にさせてくれるのかは知らなかった。でも、遊園地の楽しみはわかっていたのだ。


根津のアパートから東京ドームシティ（五十嵐の中ではいまだに「後楽園ゆうえんち」だった）までは、道は混《こ》んでいたが、20分とかからなかった。

この遊園地は多彩な絶叫マシーンで知られていて、どちらかというと若者に人気の高いテーマ・パークである。五十嵐は、みかけによらず怖がりなところがあって、絶叫マシーンは避けたかった。真紀も実は、この手の絶叫系には乗ったことがなかった。でも、どう見ても面白そうだ。真紀のほうは、度胸には自信があった。

「あの、すごいジェット・コースター乗ってみたい」

真紀は、ここの名物のサンダー・ドルフィンを指差した。観覧車の中まで通り抜けるまさに本当に怖そうなコースターである。

「じゃ、乗ってきな」

「おじさんも乗るのよ」

「この格好でか？」

もちろん、口実だ。ただ、着替えを用意していなかったので、本当にブラック・タイのままではあった。そして、真紀もこの場所には不似合いな、真っ赤なドレスを着ていた。

「格好は関係ないわ」

周囲にはじろじろ見られている気がするが。

どうせ、残り少ない命だ。真紀につきあってあげて、思い切り怖い思いでもしてやろうと開き直った。


とはいえ、体力もすっかり低下した中年男の五十嵐には、絶叫マシーンは相当こたえた。モルヒネを飲んでいなければ、背中の痛みに耐えられなかったかもしれないし、気絶していたかもしれない。どうにか降りてきたものの、足がふらついて歩けなくなった。

「意外に情けないのね」

真紀は、五十嵐の足取りを見て言った。

遊園地と聞いたときから、果たして歩き続ける体力があるかどうかは、五十嵐も不安だった。今の大切な時期に、真紀に自分の病気を悟られるわけにはいかなかった。こうなると逆に、休むいい口実ができたと思った。

「確かに俺も歳だな。ふらつきが治るまで、少し休ませてもらうよ。悪いが、しばらくは一人で遊んできてくれ」

クリスマス・イブということもあって、人気のマシーンは行列ができていた。二つくらい乗れば五十嵐のふらつきもよくなっているだろうと思い、真紀はOKを出した。


一時間ほどで真紀は戻ってきた。

「もう大丈夫?」

ある程度、体力は回復していた。

「次は何に乗りたい。できれば、絶叫系は勘弁してほしいが」

「観覧車に乗りたい」

真紀は五十嵐の介抱をすることになるより、クリスマス・イブらしくロマンティックな気分になりたかったのだ。

五十嵐もほっとして、それに乗った。

ビッグオーと呼ばれる世界初のセンターレスの観覧車の中で、五十嵐はマーブルチョコレートを食べ始めた。

すると、真紀がちょこんと五十嵐の隣に座ったのだ。

「私にも頂戴《ちょうだい》」

実は、真紀が五十嵐の隣に座るのは初めてのことだった。ロビーラウンジで勉強しているときも、あるいは五十嵐の昔の教室で勉強しているときも、五十嵐は真紀の向かいに座っていた。今日の観覧車でも最初は向かい合って座っていたのだが、少し甘えてみたい気分になったのかもしれない。五十嵐も、悪い気がしなかったのだが、自分はこのまま消えて行くのだと考えた。必要以上に真紀を落ち込ませたくなかった。

「断る。これは、人生の厳しさや楽しみがわかってから、ようやく食べられるようになるものだ」

子供の食べるチョコレートに大仰《おおぎょう》なことを言うなとは思ったが、大真面目に言う五十嵐に少し笑ってしまった。そうこうするうちにだんだん地上60メートルの頂点に近づいてきた。見下ろすと、アトラクションやクリスマスのイルミネーションがキラキラと美しかった。

「綺麗《きれい》だね」

見つめる真紀は思わず、声をあげた。五十嵐も、がらになくロマンティックな気分になっていっしょにイルミネーションを見つめた。

ところが、そんな五十嵐が急に意識を失って、痙攣《けいれん》をはじめたのだ。

「誰か！　助けて！」

真紀は完全なパニック状態になったが、五十嵐の意識は回復しなかった。

実は、東大病院は、東京ドームシティからもっとも近い救急病院だった。

真紀はその一階にある救急部の前のソファーで、一人座っていた。何の病気かはわからないが、少なくとも救急車で東大病院に着くまで意識が戻らなかった。

1時間も待たないうちに、五十嵐はいつもの様子に戻って救急外来の部屋から出てきた。一人の医者が付き添ってくれていた。小宮だった。電子カルテから、主治医が小宮であることがわかり、たまたま遅くまで放射線科で仕事をしていた小宮も呼ばれたのだ。

「大丈夫⁉」

「驚いただろ？　低血糖か何かだそうだ」

「平気ならいいけど」

小宮が声をかけた。

「あまり無理するなよ」

「ああ」

五十嵐は、その場を取り繕おうとした。小宮には、事情は話してあった。五十嵐が最後までやろうとしていた仕事が何かも打ち明けた。そして、なるべく試験が終わるまで余計な心配をかけないでほしいということも頼んでおいた。ただ、小宮は、それにきちんと返事をしなかった。五十嵐は東大受験の日までもたないだろう。死という形で大きなショックを受験前に与えるより、多少は話しておいたほうがいいような気がしていた。ただ、今日のところは五十嵐にはそれを伝えなかった。

五十嵐の足取りは、多少心もとなかったが、何事もなかったかのように二人は立ち去っていった。

年末年始は真紀は勉強漬けの毎日だった。五十嵐に言われたように、センター試験の過去問を解き続けていたのだ。

バイトは12月の半ばでやめた。集配のバイトは年末はお金になるが、忙しいことがわかっていたし、ここで寝泊まりするのであれば、ぎりぎり生活費と受験料などは何とかなりそうだというのが真紀の結論だった。とにかくお金より今は時間のほうが大切だった。

家出同然なので、大晦日《おおみそか》の夜中、ちょうど年が明けた時刻に、「あけましておめでとう」とだけ言おうと自宅に電話したが、誰も出なかった。千枝子はどうせ男と過ごしているのだろう。携帯のほうにはかける気がしなかった。千枝子からの携帯の着歴は、何回か残っていたが、無視をしていた。留守電に録音はされていなかった。「こんなものか」とちょっと拍子抜けしていた。また、自分がどこかに売り飛ばされるときだけ、電話をかけてくるのだろうか?

予備校の冬期講習は、結局、センター試験対策の政治経済の講座だけをとった。センター試験についていては、数学のスピードアップと世界史の暗記がまだ課題だった。政治経済については、予備校の講習をとってから憲法に関する問題の核心と経済の問題の解き方を教わり、『勝てる!センター試験政治・経済問題集』というのをやり始めてから、少し自信のようなものがついてきた。

それなりに充実した毎日は送れていたのだが、五十嵐と初詣《はつもうで》に行けなかったことが、ちょっと寂しかった。でも、勉強の先生なのだから仕方ないと自分に言い聞かせた。クリスマス・イブのことは五十嵐が元気付けのためにサービスしてくれたのかなとも思った。それ以上に、あのクリスマス・イブの事件以来、五十嵐に会っていないので、本当に体が大丈夫なのかが心配になった。

4年ほど前の過去問を解き終わって一息つくと、真紀は、クリスマスの前の週に五十嵐がくれた最後の3枚のカードを読み返した。これを読むと、五十嵐が直接励ましてくれているような気がして元気がつくのだ。

〈受験の要領その81　試験直前の一日は、スピードが倍、効率が倍、有効な勉強時間が倍になるので、8日分に使える。ペースを落とさず、ここから逆転合格を狙え〉

〈受験の要領その82　試験の1ヶ月前からは、入試の開始時間の3時間前に起きる習慣をつけろ。試験開始時には、脳が全開状態になる〉

〈受験の要領その83　過去問の練習は試験より5分短いタイムで、時間配分を考えながらやれ。問題用紙のチェックも忘れずに、マークミスも減らしていけ〉

そこにドアチャイムが鳴った。五十嵐だ！　真紀は気分が少しうきうきするのを感じた。

「よ！　どうだ？」

何事もなかったように五十嵐は言った。

「そっちこそ、体調は大丈夫？」

「まあまあだ」

五十嵐は、真紀がその返事を素直に信じられないという顔で、真剣に不安そうにしていることを察知した。

この時期の余計な不安は、勉強の邪魔になる。五十嵐は、どう気分を立て直そうかと考えていた。そして、いつになく、真紀の隣に座った。すると、机の上には、例の3枚の受験の要領カードが置いてあった。

「おお、ちゃんと読んでるか？」

「実は、試験の直前という感じで、緊張してきたの。おじさんも最近来なくなったし、これを読むと少し落ち着くの」

「じゃ、1500円」

何を言ってるんだろうと真紀は思った。

「それ、3枚読んだろ？」

「って言うか、カード1枚につき、500円じゃないんですけど」

「違ったっけ？」

いつになくひょうきんな感じで五十嵐はすっとぼけた。

「確かに、勉強の終わりにおじさんからカードをもらうときに払ってるけど、これは『次の』授業料なの？」

五十嵐のほうも真紀が少し強調して言った「次の」という言葉にひっかかった。

「あまりのバカさ加減にいやになって、あたしの前から突然、消えちゃうんじゃないかって心配して始めたんだから……けっこう、ずっと心配してたんだけど、もう大丈夫でしょ？」

確かに、今の真紀は「バカ」ではなくなっていた。立派な東大受験生だ。しかし、真紀の不安は近々現実のものになる。それが試験の直前に重ならなければいいが。

机の上には、原宿かどこかで買ったものなのか、コケティッシュな顔をした女の子の小さな人形が座っていた。

「こりゃなんだ？」

「お友達」

「ボーイフレンドじゃないんだな？」

「それは受かってから」

「じゃ、しばらくはその友達に十分励ましてもらうことだな」

「おじさんのカードに励ましてもらう」

無邪気に答える真紀は、実は、いつもと違って隣に五十嵐が座っていることを意識していた。どういうわけかいつもより心臓の鼓動が速い。観覧車のときと同じ感覚だと真紀は気づいた。でも、またおじさんが倒れたらどうしようという不安も真紀の頭をかすめた。

五十嵐は、多少は雰囲気を察したのか、勉強モードに戻そうとしたのか、またカードを渡した。

〈受験の要領その84　気分がめげたら、合格したあとの自分をイメージしろ。やり方が正しく、自分を信じて勉強を続けられれば、必ず合格の最低点はとれる〉

「何かわからない問題は残ってないか？　問題をわからないままにしておくと、答えが覚えられないぞ」

どうにか、いつものムードに戻ってきた。

「大丈夫。センターレベルならみんなわかるから」

そう言いながら、真紀は何か暖かいものに包まれている感じがした。こんな安心感を味わうのは初めてかもしれない。

いっぽうの五十嵐は、真紀もどんどんたくましくなってきた、俺がいなくても大丈夫と自分に言い聞かせていた。

11

そして、センター試験の日がやってきた。

受験会場は拓殖大学だった。伝統のある大学らしく、建物は濃い黄土色のれんがのような造りで趣があった。

根津のアパートから距離は遠くなかったが、根津から本郷三丁目までの歩く距離は結構長かった。ただ、それで目が覚めた気がした。

真紀は五十嵐のアドバイスで住民票の住所を根津に変えていた。受験票が元の自宅に送られると何かと不便だからだ。それに高認合格者の場合、居住地にしたがって試験会場が選ばれるので、寝泊まりしている根津の近くで試験が受けられるのも有利だと思った。

本番の40分前に正門前の待ち合わせだったのに、20分前になっても五十嵐は現れなかった。15分前までに入室しなくてはいけないのに。初日の世界史対策の自分で作ったまとめを読んで時間を潰していたが、だんだん気もそぞろになってきた。さすがにそろそろ会場に向かわないと、何があるかわからない。寝坊でもしたのだろうか？それとも、やっぱり体の具合が悪いのだろうか？

校門の前にタクシーが停まり、黒いコートの男が降りてきた。五十嵐だ。

「おじさん！　……ひどいよ、試験当日に遅刻？」

「すまん、道が少し混んでいてな」

実際は、体がだるくてどうしても起き出せなかったのだ。五十嵐は少し足を引きずりながら、真紀に近づき、こう語りかけた。

「もう十分練習したはずだが、10問ごとにきちんと書き写していけよ。ずれてマークしたら元も子もないからな」

模試を4回も受けさせているし、大丈夫だと五十嵐も信じていた。しかし、今回は失敗は許されない。今まで何度も、このマークミスで、受かるはずの子を落としている。自分の責任ではないが、受験戦術でたくさんの東大合格者を出してきた五十嵐にとっては、この基礎力重視の、ミスを誘いがちな試験は邪魔者であった。

「わかってるよ！」

五十嵐の顔を見たおかげで、むしろ真紀の顔には余裕があった。

時計を見てあわてて駆け出す真紀の後ろ姿に、五十嵐は最後に渾身《こんしん》の力で声をかけた。

「落ち着けよ！」

真紀は振り返った。

大丈夫だと五十嵐は確信した。しかし、その声を聞きつけた男がいた。

「おじさんがね」

「なるほど、プライベート講師ってわけですか？」

振り返ると木村だった。よくよく考えると、この会場はミチター・ゼミナール創設時に受験した子供たちが使っていたこともあって、センターのときはここで、本番のときは本郷で五十嵐が毎年生徒を激励していたのだ。そして、今はその座を木村が占めているというわけなのだろう。

すっかり経営者然とした木村は、３人の講師を引き連れていた。

「誰の娘なんだ？　2年でいくらもらったんだよ？」

木村が五十嵐にタメ口を利いたのは、小学生のとき以来かもしれない。五十嵐の力を借りずに一人でやってきたという自負もあったのだろう。

ここでつまらない言い争いをしても時間の無駄であるし、何より五十嵐は体がかなりだるかった。

「一回500円だ」

木村はきつねにつままれたような顔をした。

「だから面白いこともあるのさ」

五十嵐は、流しのタクシーを拾い、そのまま乗り込んだ。


センター試験が終わった日から五十嵐は入院を始めた。

ついにホスピスに入ることにしたのだ。歩くこともつらくなってきた五十嵐の、苦渋の選択だった。本当は真紀のセンターの結果を確認した上で、そのまま入院を知らせずに消えて行くつもりだった。しかし、ベッドの空き状況の結果、この日からの入院になってしまった。

東大病院にはホスピスはないが、一般病棟に入院して、緩和ケア部の医者やスタッフがホスピスケアをしてくれる。主治医は緩和ケアスタッフでもある小宮が引き受けてくれた。一泊7万3500円の特別室Cという部屋が用意されていた。天皇陛下が入院されたという特別室Aはあいていなかった。このまま金を余らせて死んでいくのは癪《しゃく》だったが、昔の東大病院を知る五十嵐には、驚くばかりのアメニティのよさだった。食事も、15階のレストランのデリバリー・サービスが受けられるので、事実上、好きなものが食べられる。

真紀からは翌日、センターの自己採点が終わったとのことで携帯がかかってきた。

人間ドッグ入院といつわって真紀を迎え入れることにした。この特別室であれば、重病くさい感じがしないのは大きなメリットだったし、ホスピスケアだから点滴のたぐいも部屋にない。嘘はばれることはないだろう。

今年は、五十嵐は真紀とセンター後に会わないわけにはいかないと考えていた。

今朝の新聞に問題と解答が公開されていたが、どういう風の吹き回しか、センターの問題が、異様といっていいほど難しくなっていたのだ。五十嵐はまだ真紀の結果を聞いたわけではない。それに、東大対策である程度難しい問題にも対応できるようにしていたものの、国語が過去問対策だけでは対応できそうになかったことと、数学もかなりの時間不足が想定されることから、国語と数学で100点近く落としている可能性がある。

目標の765点は、おそらくとれていないだろう。しかし東大は一次の得点は110点に圧縮されるから、目標を50点下回っても、二次に換算すれば、6点程度の影響しか受けない。だから多少失敗しても、それでいいんだということをきちんと伝えないといけない。

30分もしないうちに真紀がやってきた。根津と東大病院なら歩いても15分やそこらで着く。

真紀は案の定、自分のセンター試験のことをそっちのけで、五十嵐の具合を聞いた。

「入院って大丈夫なの?」

「見ての通りの検査入院だ。ここの病院はなかなか快適だぞ」

五十嵐は精一杯の強がりを言った。

「お前こそ、センターはどうだったんだ」

「それが……715点しかとれなかった。数学を丸まる一問落としたし、国語は140点もとれなかったの」

悪いほうの読みがあたったようだ。今の真紀の実力なら８００点まではいかなくても、７８０点くらいは狙えるところにいた。安心して死なせてくれない子だなどと五十嵐は苦笑いした。

「大丈夫だ。俺も朝、新聞を見ておいた。確かに問題は難しくなっている。平均点もかなり下がるだろう。文Ⅱなら、足切りはクリアできるはずだ。だとすると、二次はその点を１１０点に換算するだけの話だから、目標点を５、６点上げればいいだけの話だ。二次で頑張って２５５点とりゃいいんだ」

五十嵐の読みでは、十分に現実的な数字だった。これで真紀が安心してくれれば、最後の仕事が終わる。

「本当？　……よかった」

「もう大丈夫だ」

五十嵐には、真紀の顔がきらめいているような気がした。結果は見られないが、十分な最後の作品となった。思えば長い間、自分を慕ってくる受験生を、作品として仕上げることより商品のようにみなしてきた。でも、間違いなく、今回は立派な作品だ。もちろん五十嵐だけの作品ではなく、最悪の環境の中でがんばりとおした真紀にも拍手を送りたかった。がらにもなく涙が出そうになったが、余計な想像をさせるわけにもいかないし、油断させることはもっと禁物だ。

五十嵐はベッドサイドの引き出しをあけた。湯島天神の学業守をそこから取り出したのだ。人ごみの中、よぼよぼした姿で真紀と初詣をするわけにはいかなかったが、人もかなり減った4日の昼、根津のアパートに行く前に、これを買っておいたのだ。

「本番に持っていけ」

真紀の祖母はお守りが好きで、中学に上がるまでは毎年、大宮八幡のお守りを買ってくれた。湯島天神が学問の神様ということは聞いていたけど、そのお守りは初めて見た。

根津と湯島は地下鉄で一駅の距離だったが、今年は、五十嵐に誘われなかったし、自分の実力で勝負しようと思って、あえて初詣に行かなかったのだ。それを五十嵐がお守りを買ってくれていたのだ。初詣に誘われなかったのは、五十嵐が迷信を信じない人間だからじゃないかと思っていた真紀には、ちょっと意外な感じもした。

「ありがとう」

素直に真紀は喜んでみせた。

「それから……もうここへは来るな」

「どうして、歩いて15分で来れるよ」

「俺にとってはただの検査だが、ここは病院だ。風邪でもうつったらどうするんだ?」

「でも……」

ここに来れば、少し不安なときでも元気になれる、真紀はそう思っていた。

「お前に教えられることはすべて教えた。一人で大丈夫なはずだ」

真紀は、わかったと答えられなかった。

「そんなことだろうと思って、これを用意しておいた。俺が東大対策用にまとめたカードだ。センターが終われば、東大は論述対策が勝負になる。俺の受験計画表の意味が、これを読めばわかるはずだ。今のお前は、人の病気の心配をするより、自分の受験に打ち込むことのほうが大切なはずだ」

五十嵐は、カードが数枚入った封筒を真紀に渡した。

真紀はうつむいた。確かに、人の心配をしている場合ではないかもしれない。

「退院したら連絡する」

そのくらいは待たなきゃ、真紀は自分に言い聞かせた。

「とっとと帰って手洗いとうがいを忘れるな」

「うん……じゃ、本番、東大でね」

1ヶ月以上も先の話だった。こんな形で念を押されることに不意打ちをうけたような感じもした。でも、そのときにはもう生きていないこともわかっていた。

「……それがな、運悪く、ちょっと大事な検査と重なったんだ」

東大入試は平日にある。この手の嘘は十分通用するだろうと五十嵐は思った。

「そっか」

真紀はちょっと残念そうな声を出した。

「そのお守りと俺のカードがお前を守ってやる」

「わかった」

真紀は、特別室を出た。

五十嵐はどっと疲れた気がして、すぐに横になった。

真紀は、それに気づかず、病室の外で、湯島天神のお守りを見つめていた。


今日から、東大の二次対策だ。

センター対策とはまったく違う論述対策である。

このアパートに移って以来、真紀は五十嵐の計画表通りに着々と東大向けの対策を進めていた。計画表に書いてあった対策本は、英語なら自由英作文、要約、長文総合問題という感じで、東大の入試問題をパーツに分けて攻略するという考え方のもとに編まれている。1冊仕上げるごとに、確実に合格が近づいてくる気がした。

11月の東大模試では、英語が75点、国語は70点まで伸びた。しかし数学で1問は完答できたものの、2問は半答で32点、社会科が合わせて38点しかとれなかったこともあってD判定という結果だった。

もっとも五十嵐に言わせると、社会科の論述対策をやっていない段階で、これだけとれれば上出来だということだ。そしてD判定というのは、もともと20～40％の合格可能性ということであり、現役生の場合はそれに20％上乗せして読んでいい。しかも逆転の勉強法でやっているのだから、それよりさらに20％は有利なので、現時点で6割から8割まで合格できると聞かされた。今まで五十嵐の指導を受けてきた真紀にとって、十分な説得力があった。

ただし真紀は五十嵐の計画表通りに、11月の東大駒場祭が終わってからは、センター対策に専念していた。社会科の論述対策は最後にまとめてやればいいとわかっていたし、英語と国語、それに数学はやはりセンターが終わってから、東大の過去問を解くうちに、弱点部分を補強していくという対策についても納得していた。

そしていよいよセンターが終わった今、東大の論述対策に専念するときだった。

世界史は、センター対策で、ある程度基礎知識は固まっていた。もっともポピュラーな山川出版社の教科書傍用の『詳説世界史ノート世界史B』を一通り覚えていたので、あとは歴史の流れをつかんで、論述対策をすることだった。五十嵐が最後にくれたカードを真紀はもう一度、読み返した。

〈受験の要領その89　東大の歴史は細かい記憶より歴史の流れをつかめ〉

そのために五十嵐が指定したのは、『名人の授業シリーズ　続　荒巻の世界史の見取り図』という参考書だった。確かに読みやすい本だし、これまでの世界史ノートで覚えた知識の〝点〟がつぎつぎとつながってうまく流れの〝線〟に重なる気がしてきた。

ただ、東大の世界史の場合、最初の一問が500字くらいの論述問題になっている。まだまだ論述を書きなれていない真紀には、やっと歴史の流れをつかんだくらいの段階では、手ごわい問題だ。

〈受験の要領その90　東大の歴史は、テーマ別に論述のこつをつかめ〉

その対策も、綿密なものだった。『出題パターン型世界史論述練習帳』で論述の方法論を身につけ、『決める世界史・テーマ史』で、テーマ史ごとのポイントをつかむ。さらに、『世界史テーマ学習80』という本でいろいろなテーマのパターンを把握し、さらに読み物として、『いま、なぜ民族か』という本を寝る前に読むのだ。文化人類学の教授までが出題委員に入っている東大は、細かい歴史事項の暗記より、教養やものの見方が問われるという五十嵐の見解からの宿題だった。

〈受験の要領その91　論述問題は採点基準をつかめ。減点対象を逃れ、ポイントを積み重ねろ〉

これは、高度なテクニックだ。これがつかめないからどこの予備校でも、歴史の論述対策講座は大盛況なのである。真紀も、ここに不安があった。五十嵐に添削してもらうつもりだったのに、入院中では、さすがに頼みづらい。入院している五十嵐の姿を見て、最後のおねだりをしそこなった。早く退院してくれればいいけど。

『段階式　世界史論述のトレーニング』という本は、長めの論述問題には、きちんと採点基準が書いてある。これも目から鱗《うろこ》のような気がした。

また、地理に関しては五十嵐は少し思い切った対策を立てていた。

〈受験の要領92　地理で30点を確実に狙うなら知識問題対策が最重要〉

五十嵐に言わせると、地理の設問は「知識重視型」と「推論重視型」の2つに乱暴に大別できる。前者は教科書に載っている知識を問われるだけの問題や、また、それをベースにして「ごくごく自然に」推論できる問題。後者は教科書以外の知識がベースとなり、連想や推論が中心となる論述問題。

後者で点数をとろうとするととても幅広い知識や人並み以上の推論、論述能力が必要となる。真紀のような短期集中型の勉強で対策しようとするには不向きなのだ。それに、この辺の「一般常識」というやつは、新聞もニュースもほとんど触れてこなかった真紀にはちょっと荷が重過ぎる。ラッキーパンチが出やすい問題形式もあるものの、ここを得点の中心に据えるのは得策ではないと五十嵐は指導していた。

真紀の場合、地理よりも世界史で得点を稼ぐという方針だから、「教科書の知識だけ」をベースに勉強して知識をつけて、『実力をつける地理１００題』を使って問題演習で確認する。センター以降にそれが終わった今の課題は『対策と速攻・記述論述地理』で記述対策をして、過去問題演習につなげていくことだ。「お前は推論能力も悪くないから、これで25点は固いだろう」と五十嵐は真紀に伝えていた。

五十嵐の言うような形で、一つ一つ確実に東大対策を進めればいい。

真紀は、一心不乱になって、仕上がりの遅い地歴対策を始めた。

1週間、対策に専念したところで、東大の過去問をやってみることにした。東大模試でも似た経験をしているが、ここはかなりの得点の上積みを狙いたいところだった。

数学は模試より易しかったし、英語、国語も、地歴対策に専念している割には、得点力はキープできているような気がした。

でも、やはり世界史や地理の論述問題は自信が持てなかった。答えあわせをしても、自分が何点くらいもらえるのかが読めないのだ。

地歴が伸びなければ255点には届かない。

真紀は少し焦った。今の読みでは、英語と国語は合わせて150点以上はとれそうだ。数学は40点は確保できそう。だとすると、英数国でうまいことプラスアルファがあればいいが、読みくらいしかとれなければ、地理と世界史で65点は必要になる。その自信が持てないのだ。私大やセンターの対策と違って、ものすごい量の記憶は要求されないが、覚えれば覚えるほど点になるわけでないところが、論述重視の東大地歴の難しいところだ。

「助けて」

真紀は五十嵐にどうしても頼りたかった。

そして、ついに携帯をとった。

五十嵐は電話に出てくれた。声にいつもの張りはなかったが、真紀は、電話に出てくれただけで嬉しくて、それほど深く考えなかった。

「なんだ」

「世界史と地理の論述対策、自信ない」

「俺の宿題はちゃんとやってるか?」

「少しこつはつかんだ気がするけど、実際の赤本をやってみると、きちんと書けているかが自信持てないの。退院したら採点してくれる?」

五十嵐は、言葉に詰まった。もう退院できない片道切符の入院生活で、期待されては厄介なことになるという思い。自分はこんな形で、実は責務を放棄していたのだという多少の自責の念もよぎった。

「大丈夫?」

真紀の念押しに五十嵐は、こう答えるのが精一杯だった。

「受験勉強というのは、最後は、自分の力で勝ち取らないと、お前の本当の力にはならない。俺はいつか、お前が一人で勉強できるようになるために、教え続けてきたんだ。自分で問題を解き進め、自分で自信をつける時期がきているはずだ」

確かに正論だ。でも、五十嵐は前は、受かりさえすれば勝ちと言ってくれていたじゃないか？

「でも……」

「自信が持てないか？」

真紀は答えられなかった。確かにいつまでも甘えている自分は、まだ本当の意味で受験生になれていないと、少し後ろめたい気分になったのだ。

「じゃ、どこかの予備校で、東大世界史と地理の直前論述対策講座をとることだ。テストゼミ形式のものをとれ。解答を書けば添削もしてくれる。金は足りるか？」

「受験料払っちゃったから、5、6万円しか残っていない」

「一科目、1万かそこらで取れるはずだろ。ほかはとる必要はないから、それだけに金を使え」

「ありがとう」

五十嵐に電話をすると元気が出てきた。でも、試験までは電話をかけないでおこう。

真紀はそう誓った。

その後真紀が五十嵐の声を聞くことができたのは、それから約1ヶ月たった2月24日の夜、東大入試の前日のことだった。

試験前日は、五十嵐のカード通り11時にベッドに入り、体を電気毛布で温め、眠くなるような世界史の本を読んでいた。しかし、それでもベッドに入ってから40分も経つのに眠れない。

そこに携帯電話が鳴った。

五十嵐だった。

五十嵐もその日まで生きていられるとは思っていなかった。最後まで電話をかけることにためらいがあった。そのくらい今の五十嵐は声に元気がなくなっていることを自覚していた。迷った挙句の電話でこの時間になったのだが、真紀を起こすことになるのではないかという不安もあった。ただ、たぶん緊張で眠れないという読みもあった。

「まだ寝てないのか?」

低い声だったが、紛れもなく五十嵐の声だ。むしろ、こんな形で叱られることが嬉しかった。

「やっぱ、緊張しちゃって眠れなくて」

「じゃ、いいこと教えてやる」

「何？」

真紀の声はいつになく甘えていた。

「本番でより点数がとれる戦術だ」

「満点を狙うな、合計点を考えろでしょ？」

「もっといい話だ」

「ちょっと待って、メモとる」

「いいか、どの科目もまずできる問題を一問探せ。東大は必ず、サービス問題と呼ばれる易しい問題を出してくる。それをさっさと見つけて、さっさとかたづければ、残りの時間の余裕もできるし、それ以上に、本番の過度な緊張から解放される」

五十嵐は精一杯の声で、真紀に語りかけた。

「確かに」

五十嵐の言うことはいつもながら説得力があった。

「初日は、国語と数学だ」

「わかってる」

「国語は、最初に漢文をかたづけ、そのあとに古文をとれるところからとったあと、最後の現国は、2題のうちの取り組みやすいほうから取り掛かれ。数学は、まずサービス問題を探せ。一問完答できただけでも、精神的な余裕が違う。残りの90分で、何とか解けそうな問題に取り組み、最後の20分で解けそうになければ、完答を諦めて、残りの問題で小問を確実にとっていけ」

「もっと早く教えてよ。過去問やるとき試せたのに」

「あまりいい点をとって、油断するのがいちばん危ない」

「二日目は地理歴史と英語よね」

「世界史は3番から始めて、2番、1番に移れ。地理はとにかく知識問題を先に解け。時間の短縮になるし、解ける問題を先に解いておけば安心感が違う」

「うん、わかった」

「最後は英語だ。ここまでくれば、そう取りこぼしもあるまい。一つ言っておくと自由英作文で考えすぎずに、読解問題に十分な時間をかけることだ。リスニングは大丈夫か？」

「意外に易しいみたい」

「よかったな」

「なんか、落ち着いてきた。眠れる気がする」

真紀はすっかり、五十嵐の腕の中で気持ちよく安らいでいるような気分になっていた。そして、少し眠くなってきたのだ。

1分くらいの沈黙の時が流れた。

「遠藤」

五十嵐が声を出した。その声はかなりかすれていた。

「ありがとう」

真紀は何を言われているのかよくわからなかった。

「こちらこそだよ。おかげで、緊張がとれたのか眠くなってきちゃった」

「それは……よかった。このままぐっすり寝ろよ」

「こっちから切っていい？」

ちょっとした真紀の我がままだった。今日だけは電話を切られる音を聞きたくなかったのだ。

「ああ」

真紀は電話を切った。五十嵐は力が抜けて電話を枕《まくら》から落とした。ツー、ツーという寂しい音が静かな病室にこだましたが、それを拾う力は五十嵐に残っていなかった。

12

翌25日は、いよいよ東大受験本番の日である。

試験開始は9時半なので、6時半に起きれば頭が全開になるのはわかっていたが、5時45分に目が覚めた。ちょうど6時間睡眠、真紀のベストコンディションだ。

1週間前から試験のために買っておいた冷凍食品で、お弁当の準備を始めた。かにクリームコロッケ、エビフライ、真紀の大好物に昨日コンビニで買ったマカロニサラダを添えた。ちょっと豪華なランチだ。ごはんは夕べセットしておいたから、6時過ぎには炊き上がるはずだ。

昨日の晩に用意した受験票、筆記用具を揃えた筆箱、さっき作ったお弁当を、祖母に買ってもらった、この5年間使い続けているかばんに詰めた。

そして最後に、東大受験の必須アイテム、はさみも入れた。

この日のためにユニクロで買ったデニムパンツとトレーナーに、ちょっと不釣り合いな五十嵐に買ってもらった真っ白なコートを着て、いざ出陣である。

まだ6時半。あたりは静まり返っていた。2月で外は寒かったが、少し身が引き締まる思いはした。

千代田線の根津から表参道で乗り換え、渋谷まで出て、井の頭線というのが試験会場である駒場の東大教養学部への最短コースだとはわかっていたが、新御茶ノ水で中央線に乗り換えた。

それは、ある儀式のためだった。

真紀は中央線に乗って、自宅に戻った。ここから出て受験をしたいという意味ではなく、今日で、家出ではなく、本当の意味でここから巣立つのだということを自分で確認したかったのだ。

「長い間、ありがとう」

実際は、どうでもいいような母親が寝ているであろうその家に向かって真紀は呟《つぶや》いた。ひょっとしたら、その母親は今この家にいないかもしれない。でも、最後の挨拶だけは、自分の気持ちとして、しておきたかったのだ。

万が一だめなら、居候もこの家に戻るのもやめて、自分の力で生きていこう、そう誓った。

でも、背水の陣の悲壮感はなかった。やるべきことは十分やったし、実力にももう自信が持てている。それ以上に、五十嵐が自分にはついている。昨日の夜の電話は、そう真紀を信じさせるのに十分なものだった。

真紀は、五十嵐からもらったお守りを握りしめて、家の前でお祈りをした。

そしてもう一度、家の前で礼をすると、しっかりした足取りで、試験会場に向かって歩き出した。

2年ほど前に、たった1円を99円ショップの店長からもぎとって喜び勇んで帰ってきた少女が、受験の最高峰を目指して、同じ道を逆向きに行進を開始したのだ。

東大へは、吉祥寺経由で駒場東大前まで電車を乗り継いだ。

まだ8時を少し過ぎたくらいで、正門は開いておらず、駒場東大前の駅は階段から大学の正門まで人でごった返していた。

会社そっちのけで子供につきそう父親の姿も珍しくなかった。母親連れの受験生は、明らかに多数派だった。名門校と思《おぼ》しき学校の出身者は仲間同士でたむろしていた。その中には、耳慣れない大阪弁を張り上げてバカ話をしている軍団もいた。おそらく五十嵐の母校、灘高生たちなのだろう。

いくつかの予備校や塾はのぼりを立てていた。そして講師やスタッフが、生徒たちを激励していた。その中に、ミチター・ゼミナールの木村の姿もあった。しかし、木村はもちろん真紀の顔を覚えていなかったし、五十嵐の姿を見つけられるかもしれないと思いつつ、自分のビジネスに精を出していた。

真紀は、この中ではまったくの孤独だった。親もなく、高校や塾の仲間もいない。でも、自分には五十嵐がついている。誰よりも強い味方が。真紀は、まったく寂しさを感じなかったし、昨日の五十嵐に教えてもらったことを書き取ったメモを読むうちに、絶対に受かると心に誓えるようになった。

二日間にわたる東大の試験が終わったのは、翌日の夕方4時のことである。

真紀は五十嵐に言われた通りの本番戦術で、すべてを出し切った。あとはミスがあるかどうかだが、危ないのは数学ぐらいで、文系科目では大きなミスのしようがない。国語、英語、社会などの論述問題の採点の仕方に不安も残ったが、地歴は予備校のテストゼミが自信につながった。

「終わった」

駒場キャンパス1号館の前はちょっとした広場になっている。人ごみの中、真紀は呟いた。

もう勉強の必要はない。もちろん、だめでも後期受験という最後の手が残ってはいるが、センター試験で点がとれなかった上に、後期の小論文対策をしていない真紀には、後期合格の望みは事実上、残されていなかった。

五十嵐に報告に行こう。

いくつかのスーパーを回って、やっと手に入れたマーブルチョコレートをお見舞いに持って、真紀は東大病院に一目散に向かった。

東大病院の五十嵐の入院する特別室は14階にあった。

救急カートを引く看護師が二人、エレベーターで病室に向かう真紀を、かなりのスピードで追い越して行った。

そのカートがなんと五十嵐の部屋に入るではないか。

真紀も慌てて、五十嵐の部屋に向かったが、さっきの看護師に制止された。

「処置中ですので、お待ちになってください」

特別室の見舞い客への対応なのだろう。若い真紀にも丁寧な言葉遣いだった。しかし、やはり真紀は冷たいものを感じた。そのフロアの待合室の、病院とは思えないレザーのソファーで待っていると、白衣の医師が声をかけてきた。

小宮だった。

「遠藤真紀さんだね」

小宮はそれほど愛想のいい男ではなかった。あるいは、仕事以外の話をできる気分ではなかったのかもしれない。無言のまま、真紀をエレベーターに誘い、地下の放射線科の外来診察室に招き入れた。

「試験は終わったかい？　今日までだったよね」

本郷キャンパスでも入試をやっているので、受験産業から離れて20年になる小宮もよく承知していた。

「ええ」

少しは気分が落ち着いた真紀は、それだけ答えた。受験までのことは五十嵐に聞いているのだろうか？

「試験が終わるまで、口止めされていたことなんだが、今日は落ち着いて聞いてほしい話がある。五十嵐と僕は同級生なんだが、さっき五十嵐から伝えてほしいと頼まれたことでもある」

「おじさん、大丈夫なの？」

「意識は戻った」

「本当は、何の病気なの？」

「がんなんだ」

「倒れたときからそうだったの？」

「実は、君と知り合う前からだ」

真紀は、声を出せなかった。めまいのようなものを感じた。

追い討ちをかけるように小宮が言った。

「もう脳にも転移をしているから、こんな風に発作を起こすこともあるんだ」

難しい言葉だったが、東大受験生の真紀には、ひどく悪い状態だということは大体わかった。少なくともがんということは長生きできないのだろう。本当は、どのくらい悪いのか、あと何年生きられるのかも聞きたかったが、怖くて聞けなかった。小宮の深刻な顔を見る限り、もっとひどいのかもしれないと真紀は直感した。

意を決して真紀は、小宮に５００円玉を差し出した。

「これ、おじさんへの次の授業料です。おじさんに渡してください」

小宮には、「次」があるという約束はできなかった。真紀に今の自分の姿を見せたくないと頼まれていた。

1分も沈黙が続いただろうか。受け取ってくれない小宮を諦めて、真紀は、５００円玉を診察室のデスクに置いた。さらに買ってきた5本のマーブルチョコレートも次々とテーブルに並べた。

1週間が経った。

どうにか五十嵐は生き延びていたが、さすがに最期を覚悟した。あと1週間で東大の合格発表だが、それまで生きられないことを悟ったのだ。

最後の力を振り絞って、受験の要領カードを書いた。力が入らず、手の震えで字もぎざぎざになっていた。

〈受験の要領ファイナル　ゴールは次のスタート〉

五十嵐はさらに渾身の力で、裏にも真紀への最後の言葉を書き綴《つづ》った。

それが終わると、ナースコールを押した。小宮を呼んでほしいと看護師に頼んだのだ。

30分ほどして小宮がやってきた。

弱々しい声で、五十嵐は言った。

「小宮、これを頼む」

五十嵐は床頭台を指さした。小宮が引き出しをあけると、あの根津のアパートの住所に〈遠藤真紀様〉と宛名の書かれた封筒が入っていた。

「俺の受験人生、最後の仕事だが、俺は勝ったと信じている。最後のポンコツ生徒へのちょっとした合格祝いだ。合格発表が過ぎてから送ってくれ」

死んでしまえば口座は止まることを五十嵐は知っていた。入院した直後に、病院の中の郵便局で作った郵便為替の入った封筒だった。父母が比較的早く死に、天涯孤独の五十嵐は、全財産を譲ってもよかったが、真紀には自分の力で人生を歩ませたかった。ただ、家を出た真紀の新生活に足りるくらいは、合格祝いとして、プレゼントしてやりたかった。

「わかった」

「俺の財産の残りは、この病院にでも寄付しようと思う。法定のものかどうかはわからないが、俺の遺言状だ」

五十嵐は枕元から封筒を小宮に渡した。

小宮は無言で受け取った。この男がこんな最期を考えていたことは、長年のつきあいの小宮にも意外だった。幸せな最期を迎えられれば、我執というものがなくなるというが、そう簡単にいかないのが人間だということを小宮も人一倍わかっていた。

「ありがとう」

本当は小宮が言うべきなのかもしれないが、五十嵐の口から、この言葉が出た。短い沈黙が流れた。

「気分はどうだ？」

「最高だよ」

そう答える五十嵐はロマネ・コンティをあけたい気分だった。

「今の季節だから部屋の暖房で少し悪くなっているかもしれないが、最後のワインを家から持ってきているんだ。お前は仕事中だからだめか？」

夕方の5時半になっていた。

「俺も今日の勤務はこれで終わりにしよう」

小宮は白衣を脱いだ。

「本当は俺も仕事を終えてからにしたかった」

「お前の読みははずれないだろう。もう終わっているよ」

「そうか」

五十嵐はニコッと笑った。

別の紙袋を開けると、1985年ビンテージのロマネ・コンティだった。ブルゴーニュに辛めの採点をするロバート・パーカーが唯一100点をつけた幻の銘酒である。

「これだけは、お前に飲ませるつもりはなかったんだがな」

「素直に感謝するよ」

そんな感慨にひたって、この美酒を小宮も口にしようとしたときに、五十嵐は言った。

「この酒を飲む交換条件というわけではないが、最後の頼みがある」

「何だ？」

「この部屋を10日の合格発表まで使わせてくれ。部屋代は先払いする」

五十嵐は、その日まで持ちこたえられないことはすでに覚悟はできていた。小宮のほうもその死期は察知できていた。ここまでよくもったほうだと言っていい。でも、さすがに1週間後の合格発表までは持ちこたえられないというのも、長年の経験からわかっていた。

しかし、ここは、ホテルではなく病院だ。いくら金を先払いしてあったとしても、死亡退院ということになれば、部屋を明け渡さないといけない。

小宮は困った顔をした。

「俺も短いが医者をしていた。病院のルールぐらいはわかる。ただ、10日の発表のあと、遠藤は必ずここに来る。僅《わず》か６００メートル先で合格発表をしているんだからな。無理が少しでも通るなら、俺の我がままを聞いてくれ」

「確約はできないが、できるだけのことをしよう」

「ありがとう」

今のところ、特別室は三つあいているという。１週間でいいのなら、すべて埋まることはなかろう。

五十嵐の床頭台には、ソムリエナイフが入っていて、ロマネ・コンティは小宮があけた。入院以来、一ヶ月以上縦に置かれており、室温も22度程度に保たれていたこともあって、ベスト・コンディションといっていい状態だった。部屋中にバラの香りが漂った。

１時間後、ワイン通の小宮はロマネ・コンティ・グラスと呼ばれる金魚鉢のようなグラスを持ってきた。

つまみは、五十嵐の冷蔵庫に眠るもはや手に入らないとされるベルーガのキャビアと、そう、マーブルチョコレートだった。

真紀の持ってきたマーブルチョコレートの封をあけ、それをなめながら、友人に見守られつつ、最高のビンテージのロマネをなめるように飲む五十嵐の気分は本当に至福のものだった。

そして、自分の力で栄冠を勝ち取ってこの部屋を訪ねるであろう真紀の姿を思い浮かべた。確かにつらい別れだろうが、かえってそれでお前は強く、一人でも生きられるようになるはずだ。受験は俺の力でなく、お前の力で勝ち取ったんだ。そう言い聞かせてやりたかったし、その思いは届くはずだと五十嵐は信じていた。

最後の仕事をやりとげた満足感で、最後の美酒は、横になったまま、小宮にグラスを傾けてもらいなめるくらいしかできなかったが、本当に素晴らしい饗宴《きようえん》になった。

もう思い残すことはない。

多くの末期患者を看取《みと》ってきた小宮にとっても、思い出に残る別れになった。

「もう一つ頼みがある」

弱々しいが、しっかりした低い声で五十嵐は言った。

13

東大の合格発表は、ちょうど1週間後、3月10日に行われた。

千枝子は、例のごとく夕方の情報番組でその合格発表を見ていた。

その番組は、ファッションチェックのコーナーが話題で、辛口の服装評論家がさまざまなシチュエーションで見かけた勘違い女たちのファッションを一刀両断にするのだが、今日の餌食《えじき》は東大合格者の女の子とその母親だった。

しかし、思ったより手ごわい親子をスタッフは見つけてきたようだ。

お母さんのほうの紺の上下は、フェラガモのスーツだった。20〜30万くらいのものだろうか、千枝子にとっては十分高級なものだ。それ以上に、同じフェラガモの靴に合わせて着こなしが上品だった。今日のこの日のためだけでなく、ふだんから着こなしているのだろう。バッグはエルメスのオーストリッチのケリーだった。クロコほどいやみがなく、今日の服には確かに合っている。時計はやっぱりカルティエだった。ダイヤは入っていないがホワイトゴールドの上品なタンクフランセーズ。これも嫌味がない。

「今は、カルティエの一人勝ちね」

千枝子は呟いた。

娘のほうも、バーバリーの黒の上下。やはりいいとこのお嬢さんの雰囲気が漂っている。時計はいっちょまえにロレックスのコンビだが、母親のお古だそうな。

「やっぱ、東大は金持ちの子じゃないと入れないのよ」

辛口トークが始まる前に、千枝子はため息をついた。久しぶりに、真紀のことを思い出した。今頃、どうしているのだろうか？　あの男に拾われたとして、受験で失敗して捨てられるのだろうか？　あの娘に愛人が務まるのだろうか？

おそらくは、ばかばかしい夢から覚めて、帰ってくることだろう。そのときは、ちゃんと働いてもらわなきゃと心に思うと、鼻歌が出てきた。

自分のほうも、結局、例の若い男と別れたというより、捨てられたところだった。

人間強く生きなきゃね。

千枝子は、そう自分に言い聞かせていた。

実は、その2時間ほど前に真紀は、東大病院の特別室に向かって走っていた。

そして、およそ2ヶ月ぶりに、その病室のドアをあけた。

「受かったよ！」

この報告を、誰より聞かせたかった五十嵐にできることは幸せだった。

しかし、シーンと静まり返ったこの特別室には誰もいなかった。

ベッドはかたづけられ、枕もなく、シーツもはがされていた。

私に知らせずに退院したのだろうか？

ベッドの上に、〈遠藤真紀さんへ〉と書かれた封筒が置かれていた。

裏には、東大病院・小宮淳一郎の名前があった。

封筒をあけると、小宮の手紙だった。

〈遠藤真紀さん
先日、同級生の五十嵐君の病状について説明させていただいた小宮です。

3月8日に五十嵐君は亡くなりました。

本当に穏やかな笑顔で、とてもすばらしい最期だったと思います。

最期まで、貴女のことは気にしていて、「よく頑張った」と伝えてくれと頼まれています。

彼にとっても、最後の生きがいであり、心の支えになったようで、主治医である私も感謝しています。

これからも、五十嵐君の分まで、頑張って力強く生きてください。

東大病院・緩和ケア部・小宮淳一郎〉

真紀はほとんど気を失いそうだった。最高の幸せと思っていたのに、不幸のどん底に突き落とされた気がした。

涙で目が潤みだし、体が震えるのをとめることができなかった。
床頭台を見ると、1枚の紙が置いてあった。

〈受験の要領ファイナル　ゴールは次のスタート〉

その文字は、震えていたが確かに五十嵐の字だった。最後の力をふりしぼって、五十嵐が書いてくれたのだろうか。
その裏にも言葉が続く。

〈合格はゴールではない。次のステージのスタートだ。受験の要領を人生の要領にどれだけ変えることができるか、受験で身に着けたお前の力と自信を、これからの人生でどれだけ発揮できるかで、お前が新しい花を咲かせ続けられるかが決まる〉

このカードの脇には、真紀がプレゼントしたマーブルチョコレートが何本か置かれていた。
その1本は、セロファンの封があいていた。五十嵐が最後に食べてくれたのだろう。

「先生」

涙は止まらない。

真紀も五十嵐が封をあけたそのマーブルチョコレートのふたをあけて、一粒二粒と食べてみた。ボリボリと音がした。昔は、好きな人の骨を食べる人がいたそうだが、そんな音がした。本当は生きているうちに一緒に食べたかった。

でも、それを一粒一粒食べるたびに五十嵐が乗り移ってくれるような気がしたのだ。そんな呆然とした状態で、最後の一粒まで食べるのに、30分ほどかかっただろうか。

少し落ちついた真紀は、いつまでも病室にいられないと感じて、やっと立ち上がった。

最後にこの特別室に別れを告げようと、後ろを振り返ると、真紀の目は釘付けになった。

〈文科Ⅱ類　遠藤真紀〉

いつも見上げては励みにしていた、五十嵐の最初の合格者4名とそっくりに、自分の名前が貼り出されているではないか。

その脇には、あの真っ赤なバラも貼られていた。

1ヶ月後の4月11日、真紀は五十嵐にクリスマス・イブの日に買ってもらった真っ赤なドレスに身を包み、白いコートを羽織って、さっそうと歩いていた。

行き先は、日本武道館。

そう、東京大学の入学式だ。

ほとんどの合格者が、家族そろって参集するこの大イベントに、真紀は一人で、ひたすらに歩いていた。

でも、真紀は一人ではなかった。

今も五十嵐がついてきてくれていると感じていた。

そう、真紀のバッグの中にはマーブルチョコレートと五十嵐が最後に書いてくれたカード、そして、あの真っ赤なバラの花が入っていたのだ。

あとがき

和田秀樹

本書は、私が初めて監督した映画『受験のシンデレラ』を小説にしたものである。映画を監督したのも初めてだが、小説を書くのも実は私にとっては初の体験であった。そのため読者の方々に私の書きたいことがうまく伝わったかどうか自信はないが、最後までこの作品につきあっていただいて本当に感謝している。

私自身、映画においても小説においても今回のストーリーについてはたいへん強い思い入れがある。

大学だけではなく高校なども含めると、受験というものは日本人のほとんどが何らかのかたちで経験するものである。無事に合格を果たした人もいれば涙をのんだ人もいる。受験というゲームを楽しんだ人もいれば辛《つら》く苦しい思い出ばかりという人もいる。誰もが青春時代のかなりの部分をこれに費やすのに、受験というテーマで映画やドラマがつくられたことはこれまでほとんどない。

そんななかで『ドラゴン桜』は数少ない例外といえるかもしれないし、私がそれに触発されなかったかというと嘘《うそ》になる。私自身は1987年に受験勉強法の草分けともいえる『受験は要領』という本で出版界にデビューし、1990年それを基にまとめた『MANGAゼミナール　逆転の受験勉強法』でそれなりに反響を得ることができた。

そして何度となく受験勉強法のコミック企画を出版社に打診してきたのだが、「受験生がコミック誌の主要な読者対象なのはよくわかるが、彼らは受験の息抜きにコミックを読むのであって、コミックの中にまで受験が出てくるようなものなど読む人はいない」と一蹴《いっしゅう》され続けてきた。確かに『ドラゴン桜』は受験を題材にした画期的なコミックではあったのだが、作品中に出てくる多くの勉強法のレベルが高すぎて、本書のヒロイン真紀のようなごくふつうの少女の場合、受験の後半戦でしかそれが適用できないという不満も私にはあった。

現在の教育格差というもののなかで最大の問題は、国が推進したゆとり教育の影響で、受験名門の私立中高一貫校に入らないと東京大学や有名大学医学部に合格することが難しくなっており、経済的に豊かでない人たちや地方の人々はその機会が著しく狭められていることにある。それらの人たちは結果として勉強の絶対量が少なく、一流大学への進学を断念せざるを得ず、将来に希望を持つことができず、簡単に人生を諦《あきら》めてしまうという大きな問題も生まれている。それを「希望格差社会」「意欲格差社会」「下流社会」などと呼んで、多くの社会学者が口を揃《そろ》えて問題視し、いまや流行語にすらなっているのだ。

私も、日本の子供たちの学力や勉強時間がアジアのすべての国の子供たちに負けていることも含め、さまざまな言論活動を通じてその問題について訴えかけてきたのだが、活字での訴えは結局「上流」の教育熱心な層にしか読んでもらえず、よけい格差感を広める結果になったのではないかと危惧《きぐ》するようにもなったのである。

その意味でいえば『ドラゴン桜』はテレビドラマ化されたものを含め、「あきらめ層」とされていた人たちにも確実に響くものがあり、多くの人間を一時的にでも受験勉強する気にさせたのである。

やはり活字以外のメディアで訴えかけない限り、今の「希望格差」「教育格差」「学力低下」の問題は解決しないのではというのが結論となり、私を映画製作に突き進ませたのである。

映画『受験のシンデレラ』は、公開前からご覧になっていただいた林真理子先生、三枝成彰先生、秋元康さんなど多くの方々が応援してくださるという幸先のよい滑り出しを飾ることができ、まずは順調である。

ただ、映画を完成させ唯一不満だったことが、こちらが考えているほどの情報を映像の中に盛り込めなかったことだ。もちろん私の力量不足もあったかもしれないが、展開される受験計画の内容や、がん緩和ケアの実態など、もう少し詳しく描きたかった。それが、「映画は2時間以内」でというプロデューサーからの厳命もあって、多少情報不足（ドラマとしてはわかりやすくなったと思うが）になったのではないかという感が私にはある。

その欲求不満を少しでも解消したくて本書を書いた。小説としての完成度はともかくとして、映画では盛り込めなかった情報をおおむねきちんと書くことができたし、映画の内容を知るうえでもさらに有益な作品となったと信じている。一部映画とは設定を変えてある箇所もあるが、それはもともと私がやりたかった部分を書き足した結果である。

また、本書を読んでおわかりいただけたかと思うが、がんになり、それが不治のものとわかっても、緩和医療を通じて最後まで「人生を生きる」ことができるということも、小説では詳しく伝えたかった。これについては映画のがん治療アドバイザーをしてくれた私の同級生である東京大学医学部附属病院緩和ケア診療部部長の中川恵一君との交流が大きい。彼にはずいぶん触発されて、私も国際医療福祉大学の臨床心理学大学院と川崎幸クリニックで精神科医として緩和ケアのチームに入ることになった。本書では中川君の最新著書『がんのひみつ』（朝日出版社）も大いに参考にさせていただいた。劇中に登場する小宮のモデルという説もあるが、基本的にはフィクションだということはご理解願いたい。

最後に『受験のシンデレラ』の脚本を執筆していただいた武田樹里さんにはこの場を借りて深謝したい。ノベライズを快く了承してくれただけでなく、私の漠然とした原案を見事に脚本化してくれた。この基礎があって初めてこの小説執筆が可能となった。ちなみに武田さんはモナコ国際映画賞で最優秀脚本賞を受賞している。

そして私の小説デビューを最後まで支え編集の労をとってくださった小学館出版局プロデューサーの稲垣伸寿氏にも本当に感謝したい。さらに私の小説デビューに心を配ってくれた長年の心の支えである林真理子先生のあたたかい助言ももちろん感謝の念に耐えない。

ここに記した方々のさまざまなアドバイスがなければこの小説は生まれることはなかった。

（わだ・ひでき／精神科医）